Vreni Spühler

mit herzlichem

Gruss!

16 Dezember 2015

Altberg Verlag

1. Auflage 2005
© Altberg Verlag Richterswil, 2005
Gestaltung Fix & Flex GmbH
Alle Rechte vorbehalten
ISBN 978-3-9521782-4-9

Heinz Lüthi

Valeria und Ferdi
Eine Inselballade

Die Insel

Sie hat eine Fläche von 11,65 Hektaren, eine mittlere Länge von 470 Metern und eine Breite von durchschnittlich 220 Metern. Ihr höchster Punkt liegt knapp 15 Meter über dem Spiegel des Zürichsees.

Es ist eine kleine, abgeschlossene Welt, vom linken Ufer getrennt durch einen schmalen Wasserstreifen von etwa einem Kilometer Breite. Diese Wasserlandschaft mit ihren Ufersäumen aus Bäumen, Schilf und Ried heisst Frauenwinkel und ist seit 965 mit einer kleinen Unterbrechung im Besitz des Klosters Einsiedeln.

Die Insel war zu allen Zeiten ein Zufluchtsort. Wer sie einmal betreten hat, kommt wieder. Wer von ihr gepackt ist, den lässt sie nicht mehr los. Wer sie besitzen möchte, den besitzt sie längst.

Hochzeit

Die Sonne steht hoch über dem Speer. Mächtig fluten ihre Strahlen über die Seelandschaft. Ein feiner Dunst liegt in der Luft. Das kommt von der leichten Sommerbise, einem schüchternen Lüftchen, das vom Bachtel her ins Tal des Zürichsees dringt und auf dem Wasserstreifen zwischen Pfäffikon und der Insel ein unaufhörliches Glitzern bewirkt.

Die Insekten tanzen, und am Steg stehen im seichten Wasser zwischen den Pfosten beinahe reglos nadelgrosse Jungfische in riesigen Schwärmen, ab und zu aufgescheucht durch einen gründelnden Brachsen, der mit aufgeklapptem Maul und trägen Schwanzschlägen durchs Wasser zieht.

Von Pfäffikon her nähert sich wie ein urweltliches Wasservieh ein Boot. Die Pfaffendschunke. Sie gehört dem Kloster und wird für alles Mögliche verwendet. Man erzählt sich, dass sie sich einmal in einer mondhellen Frühlingsnacht selbständig gemacht habe und ohne Besatzung die Insel umrundete mit einem kurzen Abstecher in die Gegend von Stäfa. Am Morgen lag sie, wie wenn nichts geschehen wäre, wieder schläfrig dümpelnd in ihrer Hütte am Pfäffiker Ufer. Ein eigenwilliges Wasserfahrzeug.

Bootsbauer Faul hatte mehrmals vergeblich versucht, mit dem Statthalter ins Geschäft zu kommen. «Faul», sagte der Statthalter, «solange unsere Dschunke schwimmt, bleibt sie in unserem Besitz. Wie wollten wir denn unser Rindvieh, die Patres und unsere Gäste befördern?»

«Aber Pater», entgegnete Faul, «Transport von Gästen in einem Boot, das nach Kuhdreck riecht!»

«Oh, von wegen Kuhdreck», antwortete der Statthalter, «ohne Kuhdreck wäre Einsiedeln nicht das geworden, was es ist. Unsere Gäste sollen diesen Geruch in Ehren halten.»

«Nun gut», meinte Faul, «aber diesen hässlichen Aussenborder, der das ganze schön gearbeitete Heck versaut, den müsst Ihr ersetzen.»

«Ein Schmuckstück ist er tatsächlich nicht. Steht er einmal um, seid Ihr dran. Aber von jetzt an kein Wort mehr. Im Übrigen ist dies ein

katholisches Schiff, und Ihr seid Protestant.»
Er lachte.

Die Dschunke legt längsseits an und wird
vertäut. Valeria mit umgebundener Schürze
tritt kurz aus dem Gasthaus: «Ferdi, Ferdii –
Ferdiii! Sie kommen.»

«Das wissen wir längst. Sie haben sich ja angemeldet.»

«Natürlich haben sie sich angemeldet. Wäre
ja noch schöner. Aber ist denn im Garten alles
bereit?»

Bruder Anselm, der sich in seiner besten
Kutte auf der Bank vor dem Gasthaus niedergelassen hat, saugt energisch an seinem Stumpen.

«Nun mal schön langsam, Valeria», meint
er. «Erst müssen sie von Bord. Dann wird der
Zug geordnet. Dann schreiten sie...»

«Ihr könnt reden, Anselm», fährt die Valeria
dazwischen. «Vergesst nur nicht, während des
Ministrierens euren Glühstengel aus dem Mund
zu nehmen.»

Hurtig eilt sie wieder in die Küche. Anselm
schüttelt den Kopf. Wie Ferdi das nur aushält,

dieses: Ferdi, Ferdii – Ferdiii! Und wie die Valeria wieder ins Freie stürmt, um ihr Reich unter den Platanen zu mustern: «Was ich noch sagen wollte: Es ist übrigens nicht der Abt, der heute heiratet!»

Eben will Valeria zu einer heftigen Antwort ansetzen, als der Statthalter eintrifft und Anselm ein unmerkliches Zeichen gibt, ihm zu folgen. Schwalben schwirren übers Riedland. Sie haben ihre Nester im Stall und im Kirchturm. Nun tummeln sie sich gefrässig im Luftraum über der Insel. Der Statthalter verfolgt ihren Flug mit grosser Freude. Wenn sich während seiner Predigt doch nur einer dieser Luftgesellen in die Kirche verirrte, dann müsste er sich nicht stur an seinen Text halten.

Bruder Anselm hat die Kirche in einen Garten verwandelt und ist ein zuverlässiger Ministrant. Die Musikanten lassen wunderbare Kaskaden von Tönen in die kleine Kirche steigen. Es jubiliert, lobt, frohlockt.

«Wir stürzen alle auf Gott zu.» Diesen Satz hat der Priester schon in vielen Predigten gebraucht, doch heute kommt es ihm vor, als werde er emporgerissen in eine lichtdurchflutete Welt, als hiesse es: «Wir alle fliegen Gott entgegen.»

Draussen haben sich die Admirale in Reih und Glied aufgestellt, denn es ist ein Sohn der Ihren, der sich mit einer Tochter des Fischers Hiestand vermählt hat. Das ist ein grosser Tag für ihre Vereinigung. Dass sie Freunde des Sees und der Insel sind, weiss man, aber heute werden sie gleichsam geadelt, denn was kann es Höheres geben, als mit einem Berufsfischer, der sein Einkommen aus dem See bezieht, gewissermassen verschwägert zu sein. Das ist die Krönung ihrer Laufbahn, die mit der Anschaffung eines Bootes und dem Abreiten des ersten Sturmes begonnen hat.

Faul hat die Admirale mit Rudern ausgerüstet. Damit es nach etwas aussieht, hat er sie in seiner Werft rot bemalen lassen. Jetzt stehen sie da in blauen Blazern mit Goldknöpfen, der weissen Kapitänsmütze, und wie das Brautpaar aus der Kirche tritt, heben sie auf Kommando ihre roten Ruder, so dass es aussieht wie die Dachsparren eines Satteldaches. Für solche Kapriolen sind sie eigentlich zu alt, aber sie meinen es ehrlich, und die Freude steht ihnen ins Gesicht geschrieben.

Die Gesellschaft lässt sich unter den Platanen nieder. Die Admirale lassen bereits die Korken knallen. Der Statthalter sitzt mit Anselm etwas abseits und winkt Ferdi zu sich, der mit Platten von Schinken, Speck, Käse und Brot unterwegs ist.

«Seit wann seid Ihr unter die Kellner gegangen?»

«Oh, nur fürs Erste, sonst wird es der Valeria zu viel. Ist der grösste Hunger gestillt, bedienen sie sich selbst. In der Küche steht genügend Nachschub.»

«Dann richtet der Valeria aus, die Hamme sei gut im Salz und schön durchwachsen. Und der Leutschner... na ja, den machen wir ja selbst. Wenn Ihr Zeit habt, so setzt Euch zu uns.»

«Ferdi, Ferdii – Ferdiii!»

Und schon strebt er wieder mit einer Platte zu den Brautleuten, zu den Admiralen, während Heck seinen Kopf um die Ecke streckt, sich aber schnell zurückzieht, als er den Statthalter erblickt. Bruder Anselm stösst bereits grosse Rauchwolken aus, als sich Ferdi zu ihnen setzt, und der Statthalter steckt sich eine Zigarre an.

«So, Ferdi, was nehmt Ihr?»

«Oh, am liebsten ein Bier, und die Hamme tät ich auch gern versuchen.»

Er tritt forsch vor die geöffnete Flügeltüre, wo immer wieder das erhitzte Gesicht der Valeria auftaucht.

«Ein Bier und etwas Hamme.»

«Gross oder klein?»

«Gross», antwortet Ferdi, «ich sitze beim Statthalter.»

«So, beim Statthalter. Ich brings.»

Sie tritt mit dem Bier und einem Teller an seinen Tisch und schenkt ein.

«Valeria, jetzt setzt Ihr Euch auch einen Augenblick zu uns.»

«Da habt Ihr Euch aber schwer verrechnet. Kommt doch einmal in die Küche und schaut den Verlag an. Und der Ferdi lässt sich hier draussen von der Sonne bescheinen, der Anselm pafft ins Blaue, und Ihr haltet auch so einen schwarzen Prügel in der Hand. Nein nein, wo denkt Ihr hin. Die Gastwirtschaft wirft fürs Kloster zwar einen schönen Ertrag ab, Ihr als Verwalter müsst das schliesslich wissen, aber von nichts kommt nichts, und was verschmutzt ist, muss gewaschen werden, und zwar jetzt, und wenn der Ferdi gegessen und getrunken hat, so gebt Ihr ihn frei, sonst werde ich bis morgen nicht fertig.»

Wie sich Ferdi ein paar Minuten später erhebt, stösst der Statthalter Bruder Anselm verstohlen an: «Mönch sein hat auch sein Gutes.»

Die Gesellschaft ist längstens verschwunden, die Platten, die Teller und das Besteck sind gereinigt und in den Schäften versorgt.

«Ferdi», sagt die Valeria, «ich decke für uns unter dem alten Quittenbaum. Heck kann auch mithalten, wenn er will. Hängt doch bitte die grosse Tafel GESCHLOSSEN an den Steg.»

Heck, der den Nachmittag über im Schatten des Bootshauses lag, lässt sich nicht zweimal bitten. Grosse Augen macht er, als er die Platte mit Speck und Hamme sieht, und sie werden noch grösser, denn Valeria hat sich umgezogen, trägt sogar eine silberne Halskette, und das Vogelnest auf dem Hinterkopf wird durch eine glänzende Schliessnadel zusammengehalten. Auf dem Tisch stehen zweierlei Gläser.

«Ich glaubs ja nicht», denkt Heck, wie Valeria zuerst den Weisswein einschenkt und dann den Roten.

«Wo dieser Ferdi nur wieder steckt», sagt sie, «wahrscheinlich findet er die Tafel nicht mehr.»

Nein, denn auch Ferdi hat andere Kleider angezogen.

«Wir haben tüchtig miteinander gearbeitet, und schliesslich ist heute Sonntag», erklärt er beinahe verlegen.

«Zum Wohl.»

Die Gläser klingen. Der Wasservagabund schlägt tüchtig zu. Eigentlich hat er schon am Mittag mit einem Stück Brot und etwas Hamme gerechnet, aber dem Statthalter weicht er aus. Der hat ihm nämlich einmal wegen seiner Wasserstreicherei schwer die Kutteln geputzt. Bei meiner Abdankung kann er nochmals mit mir reden, aber vorher nicht, das ist Hecks fester Entschluss.

Während des Essens sind die Pfauen näher gekommen und picken die Brocken auf, die ihnen zugeworfen werden. Es sind königliche Tiere, denkt Ferdi. Und wie ihr Gefieder funkelt. Sie stehen der Insel gut an.

Valeria unterdrückt ein Gähnen. «Ein strenger Tag. Ich gehe in meine Kammer, es wird bald dämmern. In der Küche steht noch ein Schlummertrunk. Aber das ist die Ausnahme. Heck, Ihr trinkt sowieso zu viel.»

«Jawohl, Frau Statthalter.»

Ferdi schmunzelt übers ganze Gesicht, und Valeria hebt den Drohfinger, muss dabei aber ein Lachen verbergen.

Die Pfauen sind verschwunden. Die Dämmerung setzt ein. Schräg über den See schnurrt der Weidling des Bootsbauers Faul, der ungeachtet der Tafel auf den Steg zuhält und ein Glas mittrinkt, bevor er seine Ruder einsammelt. Die Schwalben jagen tief. Dem Schilf nach gründeln Schwäne, und ab und zu stiebt ein Schwarm Jungfische aus dem Wasser, wenn ein Krauthecht angreift.

Die Gastwirtschaft auf dem Etzel ist hell erleuchtet. Dort findet das Nachtessen der Gesellschaft statt. Bruder Anselm und der Statthalter haben einen Fensterplatz und spähen zur Insel.

«Heute haben wir wieder einmal zwei Menschen zusammengegeben. Hoffen wir, es halte. Und wenn Valeria und Ferdi zusammenkommen sollten, dann müsst Ihr wieder ministrieren.»

«Gewiss», sagt Bruder Anselm listig, «aber da müssen wir dem lieben Gott nachhelfen, sonst erleben wirs nie.»

Faul

Faul kennt die meisten der Admirale. Einigen hat er auch eine Yacht aus seiner Werft verkauft. Er selbst besitzt nur einen Weidling mit flach ansteigendem Bug. Das reicht für den Zürichsee. Immerhin hat er ihn mit einem kleinen Aussenborder ausgerüstet, und er ist stolz, dass auch sein Sohn den Beruf eines Bootsbauers erlernt hat. Der hat sogar in irgendeiner Haab einen vergammelten Fischergransen aus der Werft seines Urgrossvaters gefunden und ihn liebevoll restauriert.

Faul ist im Kreise der Admirale wohl gelitten. Er hat keinen übers Ohr gehauen, und dass er den See als kleine, süsswassernautisch völlig unerhebliche Pfütze betrachtet, nimmt man ihm nicht übel. Aber bei der Erwähnung der Ostsee wird Faul aufmerksam, beim Ärmelkanal leuchten seine Augen, und sie beginnen zu funkeln, wenn er Namen wie Atlantik oder Pazifik hört.

Ferdi, der nicht einmal schwimmen kann und immer froh ist, wenn er mit beiden Beinen auf sicherem Erdboden steht, ist das Anlegen des Weidlings immer ein bisschen unheimlich. Er hilft zwar manchmal, das Boot an einem Pfosten zu belegen, mit einem Knoten, den er vom Anpflocken der Rinder kennt, was ihm von Faul den anerkennenden Anruf einträgt: Ihr seid ja ein halber Matrose. Aber dieses Wort gefällt ihm ganz und gar nicht, eher hätte man einen Indianer Senn nennen mögen, und ärgerlich will er zur Bootshütte stapfen.

«Hehe Ferdi», ruft Faul, «nicht so empfindlich, der Knoten hält ja tatsächlich.»

«Und der Weidling liegt wie ein ausgehöhlter Baumstamm im Wasser», entgegnet Ferdi, «ist ja auch nicht viel mehr.»

«Ferdi, Ferdii – Ferdiii!» tönt es aus der Küche. Der Knecht eilt zur Gastwirtschaft und erscheint mit zwei riesigen Platten mit Sauerkraut und Kartoffeln, auf denen Rippli, Speck und Würste liegen. Dann folgt ein weiteres Tablett mit Gläsern, Tellern und Besteck, herbeigetragen von der Valeria, welche die Herren bittet, doch gleich selbst zu tischen. Eine Batterie von Flaschen steht bereits auf dem Tisch: Leutschner, Mineralwasser und Most. Das alles haben die Admirale bestellt, das Monatsessen. Immer an einem andern Ort. Diesmal auf der Ufenau. Die Valeria hat sich eine saubere Schürze umgebunden, und der Knecht wird ein letztes Mal in die Küche gescheucht, um die Petroleumlaternen zu holen, damit sie bereit sind, wenn die Dämmerung einbricht.

«Herr Faul», meint ein Admiral, indem er sich ein Stück Speck in den Mund schiebt, «wie geht das Bootsgeschäft?»

Über Fauls Gesicht, neben den Augen von vielen Lachfältchen durchzogen, läuft ein Schatten.

«Kann nicht klagen. Alles drängt zum See und darauf. Nächstens müssen wir die Werft vergrössern.»

«Na, dann ist ja alles in bester Ordnung.»

«Nein», entgegnet Faul, «ist es nicht. Ganz und gar nicht.»

«Das hab ich denn doch noch nie erlebt. Sie müssen den Betrieb vergrössern und jammern!»

Faul schiebt seinen Teller beiseite.

«Mein Grossvater war Bootsbauer. Der kam aus Süddeutschland in unsere Gegend und tat das, was er gelernt hatte: Boote bauen. Eiche auf Eiche oder Lärche auf Lärche, je nach Spanten und Beplankung und dem Geldbeutel des Kunden. Es schwimmen noch einige dieser Schiffe. Wenn sie gepflegt werden, sind sie nicht umzubringen. Ein Faulboot konnte nur ein Holzboot sein. Nach dem Zweiten Weltkrieg kamen neue Materialien auf. Stahl und Kunststoff. Witterungsbeständig und sparsam im Unterhalt.»

Die Admirale nicken.

«Wir begannen, Bootsschalen zu importieren. Ich weiss noch, wie der eine oder andere von Ihnen zu mir kam, um den Innenausbau zu besprechen.»

«Und Sie liessen sich Zeit dafür.»

«Gewiss, das soll auch so sein. Wir hatten ja auch das entsprechende Personal. Bootsbauer, Schreiner, Tischler, welche sich auf ihr Handwerk verstanden. Und wenn ich mich mit einem Kunden in die Werft begab, wo der Rumpf auf seinem Bock lag, da wusste ich, da gedenkt ein alter Seebub seinen Lebenstraum zu erfüllen, nämlich mit einem eigenen Boot den See zu allen Jahreszeiten zu erleben. Mit solchen Kunden gilt es sorglich umzugehen. In dieser Art habe ich Schiffe verkauft, und auf der Jungfernfahrt war ich immer mit dabei und habe auch einmal einen vorlauten Landlubber ins Wasser geschubst, wieder herausgezogen und gesagt: ‹So, jetzt sind Sie getauft und haben Zeit, die richtige Seemannschaft zu erlernen. Der Zürichsee ist zwar bloss ein grosser Tümpel, aber ersaufen kann man trotzdem darin.›

Er hat es mir nicht übel genommen und ist mit seinem Schiff älter geworden, so wie Sie auch. Und plötzlich stellt man fest, dass ein Boot im Laufe der Jahre ein Stück Heimat wird, woran Geschichten und Erlebnisse hängen, wie Wandermuscheln an einem Stück Treibholz.

Und da betritt letzthin einer meine Werft mit einem goldenen Ketteli um den Hals, mit offenem Hemd, und klettert im Schauraum über die angelehnte Leiter in Strassenschuhen aufs grösste Boot.

‹He›, ruft er von oben, ‹was kostet das Schiffchen?› Ich nenne den Preis.

‹O. K.›, sagt er und klettert wieder herunter.
‹Ist gekauft.›

In meinem Büro setze ich den Vertrag auf
und frage:

‹Wer ist der Eigner?›

‹Wir nehmen es aufs Geschäft. Schwalm &
Schmocker, LakesideHomes.›

‹Änderungen?›

‹Ach wo, das Schiffchen wird für Kundenbe-
ratung eingesetzt und als Festhütte bei Verkäu-
fen, ein grosser Kühlschrank ist das Wichtigs-
te.›

Mein Grossvater hätte den Kerl aus der
Werft geworfen.»

Die Schillings

Sie trafen meistens zu acht ein, in einem unscheinbaren Boot, einer grossen Badewanne mit starkem Aussenborder. Alles schwergewichtige Menschen. Der Schrecken der Valeria. Sie schritten beinahe im Gleichtakt vom Steg zum Gasthaus und setzten sich schnaufend an einen Tisch. Valeria hatte in der Küche seufzend ihren grössten Topf mit Gerstensuppe gefüllt und ein paar zusätzliche Speckstücke hineingegeben. Und Zwiebeln. Dann können sie auf dem Heimweg in ihrer Badewanne furzen.

Ferdi stellt die Schüssel auf den Tisch, acht Teller, das Besteck, Gläser und ein Körbchen mit einem aufgeschnittenen Brotlaib. Auch vier Flaschen roten Leutschner.

Vom Etzel her nähert sich ein Gewitter, aber die Schillings löffeln unbewegt und schweigend ihre Suppe. Erste Tropfen fallen. Die Schillings weichen nicht. Sie verlangen einen zweiten Topf. Ferdi bringt ihn, neugierig, ob sie nicht das Feld räumen. Der Regen platscht aufs Blätterdach, und manchmal fällt ein Tropfen in einen Teller. Einer lockert den Gurt. Noch immer fällt kein Wort. Der zweite Topf ist ausgelöffelt. Der Tisch ist nass. Sie erheben sich, gucken zum verhangenen Himmel, aus dem es jetzt strätzt, und verschieben sich wie eine Gruppe Füsiliere zu einem Tisch unter der Veranda. Vom Garten her stieben die am Boden zerplatzten Regentropfen als feiner Wasserstaub gegen die Schillings.

Aber ungerührt hocken sie in ihren Jacken da und verlangen für jeden eine Portion Schinken und Speck.

«Guter Speck», murmelt einer, «feiner Schinken», ein anderer. Lang anhaltendes Zerkleinern des Fleisches, sorgfältiges Einspeicheln und Kauen, genüssliches Schlucken. Käse lassen sie sich auch noch bringen. Nun scheinen sie allmählich gesättigt und finden die Sprache.

«Ein schöner Abend. Auch wenns regnet.»

«Dann ist es auf der Insel am schönsten.»

«Kein Gequatsche von all den besetzten Tischen.»

«Kirschtorte und Kaffee Ufenau für alle?»

«Mit einer doppelten Portion Schlagrahm obendrauf!»

Man weiss nicht, woher die Schillings kommen. Jetzt sitzen sie zufrieden da und lassen sich nicht vertreiben.

Valeria bringt den Kaffee.

«Wenn es mit dem Wetter so weitergeht, läuft Ihr Schiff voll.»

«Was für ein Schiff?»

«Sie meint das unsrige.»

«Ist doch gar kein richtiges Schiff, bloss eine Badewanne mit schmalen Sitzbänken.»

«Keine Sorge wegen des bisschen Wassers, was kaum mehr wiegt als ein neunter Schilling.»

«Wir haben übrigens einen Wasserschöpfer an Bord und einen Kessel. Hauptsache, der Motor läuft. Aber bei diesem Wetter bleiben wir noch hier.»

Es sträzt noch immer.

«Ihr macht doch nicht etwa schon Feierabend?»

«Doch», meint die Valeria.

«Geht nur», antwortet Ferdi, «ich bleibe.»

«Recht so», sagt ein Schilling, «dann nochmals eine Runde Kaffee und für Ihren Mann auch einen.»

Valeria stellt entschieden fest: «Das ist Ferdi, der Inselknecht, nicht mein Mann.»

«Aha», sagt ein Schilling gutmütig, «aber vielleicht schafft ers noch. Es scheint ihm wohl zu ergehen bei diesen Suppen, diesem Schinken, diesem Speck» – aber da war die Valeria bereits um die Hausecke verschwunden.

«Ferdi», sagt einer, «Ihr müsst ein glücklicher Mann sein. Tüchtiges Geschöpf, diese Frau, könnte ja eine ganze Kompanie verköstigen. Warum nehmt Ihr sie nicht? Die Liebe geht durch den Magen, sagt man.»

«So, sagt man», entgegnet Ferdi, «dann muss bei euch die Liebe riesig sein.»

«Ihr seid ein Heimlifeisser, Ferdi», meint ein anderer Schilling, «es geht uns ja nichts an, aber man muss doch nehmen, was man nehmen kann.»

«Kein Wort mehr», entscheidet Ferdi, «bis jetzt ist alles gut gegangen, aber durch den Magen geht die Liebe nicht. Das ist ein Schlund, der beinahe alles verdaut. Und nachher scheisst man den Rest.»

Sie schauen Ferdi gross an und verlangen die Rechnung. Der Knecht begleitet sie an den Steg, hilft ihnen beim Einsteigen, und wie der Motor läuft, löst er das Belegtau vom Pfosten und wirft es ihnen zu. Sie wenden den Bug Richtung Rapperswil und ösen im Fahren ihre Badewanne aus.

Ferdi bläst die Petroleumlaternen aus, stellt sie an ihren Platz in der Küche und begibt sich auf Zehenspitzen in seine Kammer.

Sturm

Seit Tagen lastet Schwüle auf der Gegend. Waschküchenwetter. Manchmal zuckt stundenlang die Vorwarnung, aber es geschieht nichts. Die Sonnenscheibe dringt fahl durch die feuchte Luft. Schlapp hängt die Schweizer Fahne an ihrem Mast bei der Gartenwirtschaft. Die Schwalben jagen wie Schatten knapp über Wasser. Die Farben der Landschaft sind teigig, leuchten nicht wie sonst. Nachts rumpelt Donner über den Bachtel hinweg. Gegen das Wägital leuchten Blitze auf. Am Morgen treiben in den Wellen vor dem Durchstich armdicke Äste, Schilf und Algen.

Heck landet mit seinem Boot an der nach Zürich gerichteten Spitze der Insel. Er hat das Steuerruder aufgezogen und den Aussenborder hochgeklappt. So schafft er es, mit dem Paddel über den Felsen zu kommen. Er schiebt seinen Kahn so weit wie möglich aufs Ufer und sichert ihn mit einer starken Trosse an einem Baumstamm. Ferdi hat ihn vom Stall aus erspäht.

«Das wäre eigentlich verboten, ich weiss schon», sagt Heck. «Aber heute gibt es einen Blast, das sage ich dir, einen zünftigen. In der Bätzimatt habe ich gestern einen Segler mit einem Messer befreien müssen. Es ging ein schweres Unwetter nieder, die Seitenkanäle der Linth schwollen an, führten Schwemmgut mit, welches sich an der Ankerleine ansetzte. Mit der Zeit bildete sich ein grüner Teppich um das Boot. Der Zug auf die Ankertrosse wurde so gross, dass das Boot zu singen begann wie ein Geigenkasten. So etwas habe ich noch nie gesehen und gehört.»

Es donnert über dem Etzel. Ein Blitz zuckt gegen Einsiedeln. Die Sturmwarnung läuft. In Pfäffikon fährt der Seerettungsdienst aus. Erste Windstösse puffen über den See. Das Wasser wird unruhig.

Valeria räumt in der Gartenwirtschaft zusammen, unterstützt von Ferdi und Heck. Platanenlaub ist in der Luft. Die Fahne knattert.

«Beeilung», schreit Heck, «ein Sturm zieht auf. Legt ab, solange es noch möglich ist.»

Am Steg liegen die Boote kreuz und quer.

«Blutige Anfänger», brummt Heck und hilft, wo er kann, klariert Leinen, hält Boote am Bug, bis alle eingestiegen sind und die Maschine läuft.

«Ankert im Windschatten der Insel, aber ausserhalb der Bäume. Man weiss nie.»

Auf dem Wasser treiben mehrere Luftmatratzen.

Ferdi reicht Heck einen Feldstecher.

«Da treibt ein Badeboot auf dem Wasser.»

«Zum Kuckuck», ruft Heck, «da ist noch jemand drin.»

Jetzt setzt Regen ein. Beinahe waagrecht geht er durch die Luft.

«Den Teufel auch, das sind zwei Kinder. Sie treiben zur Ostspitze in den Schilf. Dort ist das Wasser seicht.»

Er fackelt nicht lange, rennt über den Uferweg, streift schnell die Kleider ab und watet in Unterhosen hinaus.

«Hört mit Weinen auf, ich hole euch.»

Die beiden Kinder in ihrem Boot sind verängstigt und schlottern. Heck hebt sie an Land und nimmt sie bei der Hand.

«Nicht mehr weinen», sagt Heck, «erst gibt es heissen Tee, dann eine feine heisse Suppe mit Rahm, dann vielleicht noch Schokolade, und dann kommen die Eltern.»

Sie treten in die Küche, Ferdi mit dem zusammengelegten Badeboot hinterher. Valeria rubbelt die Kinder mit einem grossen Tuch trocken, bis sie nicht mehr frieren. Dann hüllt sie sie in eine Wolldecke. Ferdi schenkt heissen Tee ein und richtet die Suppe. Heck will nach seinem Boot sehen. Da legt der Seerettungsdienst an, und einer stürmt gegen das Gasthaus.

«He Heck, wir suchen zwei Kinder in einem Badeboot. Die Eltern sind schon ganz verzweifelt. Die kamen mit ihrem Motorboot in Schwierigkeiten, den Rest kannst du dir denken.»

«Hab sie herausgeholt, sie sitzen in der Küche bei Valeria und Ferdi.»

«Gott sei Dank, wir nehmen sie gleich mit.»

«Nein, nicht bei diesem Wetter. Die Kinder haben für heute genügend Angst ausgestanden.»

«Wohl wahr», sagt der andere und kratzt sich am Kopf. «Mit der Seemannschaft der Eltern ists in der Tat nicht weit her. Badetag hinter der Ufenau, Anker kurzstag. Die erste grosse Welle überspült das Vorschiff; statt mehr Leine zu geben, reissen sie den Anker aus.»

«Der Motor springt nicht an», fährt Heck weiter, «sie treiben, verlieren den Kopf, geraten auf eine Sandbank, springen womöglich ins Wasser, um das Boot wegzuschieben, während die Kinder schon weit abgetrieben sind. Etwa so.»

«Genau so», nickt der andere.

«Hör mal, ihr habt doch Funk. Gib durch, dass die Kinder bei Valeria und Ferdi am Schermen sind, behütet und verpflegt. Morgen wird der Sturm vorbei sein, dann können sie sie abholen.»

Valeria und Ferdi sind einverstanden. Heck schaut nach seinem Boot und kriecht dann mit einer Decke auf den Heustock.

«Den Heck könnten wir in unsrem Verein gut gebrauchen», sagt der Mann zu seinem Kollegen, wie sie zurück nach Pfäffikon fahren. «Aber er hält es ja nirgends lange aus.»

An Land erfahren sie, dass der Sturm die Bäume am See von Schirmensee bis Jona umgedrückt hat. Die Ufer sehen aus, wie wenn sie ein Riese mit einem Falzbein aufgeschnitten hätte.

Der blaue Prinz

In der unbenützten Kammer richtet Valeria das Bett für die Kinder her. Sie sitzen derweil in ihren Wolldecken in der Küche, während der Sturm ums Haus fährt und Blitze niederfahren.

«Wann kommen die Eltern?»

«Vermutlich erst am Morgen», antwortet Ferdi. «Jetzt ist es zu gefährlich, übers Wasser zu fahren. Aber im Haus sind wir in Sicherheit.»

«Ferdi, Ferdii – Ferdiii! Bring die Kinder!»

Er nimmt sie bei der Hand. In der Kammer riecht es nach Heu und Mist. Eine Glühbirne baumelt von der Decke, und Nachtfalter poltern an die Scheiben. Die Kinder schlüpfen unter die Decke. Sie halten tapfer das Weinen zurück. Das Mädchen fragt: «Valeria, hast du auch Kinder?»

«Ja», sagt sie lachend, «diesen Abend schon.»

«Und du, Ferdi?»

Der schaut Valeria an. Was für eine Frage.

«Nein, der Ferdi und ich haben keine Kinder. Aber jetzt sprechen wir das Nachtgebet. Vater unser...»

Ferdi will das Licht löschen.

«Nein nein», rufen sie, «Valeria muss eine Geschichte erzählen, wie die Mutter.»

«Gut, ich erzähle das Märchen vom blauen Prinzen. Das habe ich auch von meiner Mutter. Ich bin nämlich in Einsiedeln auf die Welt gekommen, im Gross. Von dort aus sieht man über einen schönen blauen See. Aber das war nicht immer so. Früher war dort eine riesige Ebene, ein Hochtal. In diese Gegend ist vor vielen Jahren ein Prinz gekommen.

Von Holland her ist er dem Rhein nach hochgestiegen, auf der Suche nach einer Prinzessin. Keine, die er auf seiner langen Reise kennen lernte, genügte ihm: Zu schmutzig die eine, zu faul die andere. Immer weiter gings stromaufwärts, aber seine Prinzessin hatte er immer noch nicht gefunden.

Doch die Landschaft bezauberte ihn immer mehr. Sie begann sich zu erheben, zu wiegen und zu wogen. Wie Wellen aus Stein kamen ihm die Berge am Horizont vor. Dorthin zog es ihn mit aller Macht, und endlich langte er in unserem Hochtal an.

‹Hier›, dachte er, ‹in diesem Tal mit seinen verschwiegenen Runsen werde ich meine Prinzessin finden.›

‹Seht nur den Drusberg und all die Eggen und Spitzen›, sagte jeweils die Mutter, ‹von dort her stieg sie herunter.›

Den Prinzen trafs wie ein Blitz: Diese oder keine. Und auch sie wusste sofort: Das ist mein zukünftiger Mann.

‹Ich bin dir gut›, sagte der Prinz, ‹und ich spüre, du mir auch. Aber du sollst wissen, wenn wir uns vermählen, muss ich hier meinen blauen Mantel ausbreiten, und es wird hier ein Wasser entstehen. Riesengross und tiefblau. Da verbinden sich Himmel und Wasser, und ein leuchtend blauer Spiegel wird in diesem Tal liegen, funkelnd wie ein Edelstein.›

‹Gewiss›, antwortete die Prinzessin, ‹das wird eine Pracht sein. Aber in diesem ärmlichen Land gibt es Menschen, die unsere Hochzeit nicht gerne sehen werden, arme Bauern, die seit Jahrhunderten hier gehaust haben, ein eigen Völklein, zäh mit dem Land verbunden und daran hängend seit Generationen. Sie werden von ihrem Hochtal nicht lassen. Und es ist auch so weit, so schön, und schau nur, wie jetzt im November dieses milchige Licht vom Etzel her einflutet, als wäre darüber der Eingang zum Himmel.›

‹Aber wohin soll ich mich denn sonst wenden. Ich bin der Letzte meines Geschlechts und du die Einzige, die mir gefällt.›

Sie haben sich dann tatsächlich vermählt, und der Prinz hat seinen blauen Mantel im Tal ausgebreitet. Ein grosser See entstand, der Turbinen treibt, aber viele Menschen mussten ihre Häuser verlassen und ohnmächtig zusehen, wie das Wasser stieg und stieg, die Kartoffeläcker, die Riedwiesen, die Torfstiche überspülte und schliesslich sogar die Häuser. Aber das weiss man: Wenn die Grossen heiraten, müssen sich die Kleinen neu einrichten. Und diese Heirat hat sich nicht verhindern lassen, die Liebe war zu gross.»

Die Kinder sind eingeschlafen. Der Sturm ist am Abflauen, das gelbe Blinklicht erloschen. Ferdi schnarcht nebenan, und Heck, der Wasservagabund, träumt auf dem Heustock von der Serviertochter vom «Rössli» in Schmerikon, die manchmal in der Bätzimatt sein schaukelndes Lager mit ihm teilt. Der seit Tagen verhangene Himmel reisst endlich auf, und Wega im Sternbild der Leier steht funkelnd über Rapperswil.

Das einfache Leben

Rucksackbewehrt sind sie mit einem späten Kursschiff gekommen. Sie trägt einen knöchellangen Wickelrock und er einen Umhang aus Wollstoff und beide kleine stählerne Brillen. Der knöchellange Rock schwebt immer hinter ihr her, als sie sich um die Insel bewegen, und der junge Mann sieht sich gezwungen, von Zeit zu Zeit seinen Umhang neu zu ordnen.

Unterhalb des leer stehenden Häuschens auf dem Arnstein picken sie Brombeeren aus dem Unterholz. Sie umrunden die Insel und kommen beglückt zur Wirtschaft, wo sie zwei Gläser Milch und etwas Vegetarisches verlangen, nur so zum Knabbern.

«Eier?» meint Valeria. «Eier mit braunem Anken?»

«Nein, das nicht, nur etwas zum Knabbern.»

«Dann also Nüssli», entscheidet die Valeria. «Oder Salzstengel, aber dazu müsstet ihr ein Bier trinken.»

Man einigt sich auf Nüssli. Sie knabbern recht lange, und die Valeria schaut auf die Uhr.

«Bald fährt das letzte Kursschiff.»

Aber das versäumen sie und fragen, ob sie nicht im Stroh oder im Heu nächtigen könnten, und überhaupt, sie möchten hier bleiben.

«So», sagt Ferdi, «hier bleiben. Ja wie denn?»

Oh, sie hätten alles dabei. Eine Decke, Dörrfrüchte, sogar eine Zahnbürste und eine Seife. Und sie könnten sich nützlich machen. Sie sehnten sich nach der unverfälschten Natur, nach Blumen und dem Vogelruf am Morgen.

«Gewiss», meint Ferdi, «darüber kann man reden. Die Abzugsgräben im Ried müssen ausgehoben werden, Brennholz gespalten und Vogelnester ausgenommen werden.»

«Um Gottes willen», sagt sie, «Sie nehmen Vogelnester aus?»

«Jeden Tag», entgegnet Ferdi, ohne mit der Wimper zu zucken, «jeden Tag. Sonst hätten wir hier bloss noch Krähen und Elstern.»

Sie rutscht unruhig auf ihrem Rock hin und her.

«Und wo übernachten wir?»

«Im Heu gehts nicht. Das ist erst eingebracht worden und gärt.»

«Schadet uns nicht», sagt der junge Mann in seinem Umhang entschlossen.

«Ja dann», meint Ferdi gelassen, «versucht es nur, aber der Letzte ist nicht mehr aufgewacht. Den haben wir nach Pfäffikon ins Spital bringen müssen. Aber auch dort ist er nicht aufgewacht und auf dem Friedhof erst recht nicht.»

Sie werden unruhig.

«Die Kirchen kann ich auch nicht empfehlen», fährt Ferdi weiter, «in der grössern geistert der Hutten. Man hört es oft mitten in der Nacht bis zum Gasthaus hinunter, dieses schaurige ‹Huhuhuuu›, und in der kleineren ists wegen der Reginlinde, welche Aussatz hatte, nicht ganz geheuer. Aber das Häuschen auf dem Arnstein ist noch frei. Allerdings nisten dort Fledermäuse, und es zieht durchs Dach, aber den Vogelruf am Morgen hört man nirgends besser.»

Sie stapfen mit ihren Rucksäcken durchs feuchte Gras zum Häuschen. Sie breitet auf dem Betonboden ihren langen Rock als Unterlage aus, und er steuert seinen Umhang als

Kopfkissen bei. Dann schlüpfen sie unter die Decke und kuscheln sich aneinander. Vom Vogelruf hören sie nichts, aber als sie aufwachen, fühlen sie sich wie gerädert. Zerstochen sind sie auch und durchfroren.

Sie trinken zwei Gläser kuhwarme Milch und fragen nach dem nächsten Kursschiff nach Zürich.

«Hehe», sagt Ferdi, «ihr wolltet euch doch nützlich machen.» Schon, sagt der junge Mann, aber vom Pickeln verstehe er nicht viel und das gebe sicherlich Schwielen.

«Gewiss, aber Sie können ja mit Misten anfangen und das Fräulein mit Abwaschen in der Küche.» Nein nein, wehrt sie ab, sie hätten sich die Ufenau ganz anders vorgestellt, irgendwie menschlicher. Und überhaupt sei ihr diese Nacht eine gute Idee gekommen. Sie habe nämlich eine kleine Erbschaft gemacht, und damit könnten sie ihr Glück auf den Balearen versuchen.

«Ist ja auch eine Insel», sagt Ferdi, «und Vögel solls dort auch geben.»

Valeria lacht beim Nachtessen. «Ferdi, einen Tag wenigstens hätten wir sie behalten müssen. Der junge Kerl hätte mir im Ried pickeln müssen, und das Fräuli im langen Rock hätte ich in der Küche schon aufgeklärt, was arbeiten heisst. Schade, sind sie geflüchtet, so eine Abreibung hätte nicht geschadet.»

Der Jahrestag

Unter den Admiralen ist einer, der nicht viel spricht und sich aus dem Wimpel, den sie immer in die Mitte des Tisches setzen, nicht viel macht.

«Scheiss drauf», sagt er jeweils, wenn Ferdi den Tischschmuck bringt. Am Flaggstock seines Bootes flattert nie eine Nationale. Beim Essen hält er sich zurück, beim Trinken nicht. Aber nach dem dritten Glas Riesling x Sylvaner wird er schläfrig, lehnt sich an den Stamm der grössten Platane und schliesst die Augen. Einmal schreit er laut auf, und als er, erschrocken ob seines eigenen Schreis, auffährt, macht er nur: «Es lässt sich nicht verdrängen, taucht immer wieder auf.» Er fährt sich mit der Rechten über die Stirn, als wolle er ein Insekt verscheuchen. «Morgen ist der Jahrestag meines Albtraums, morgen kommt ihr zu mir auf meinen Seeplatz. Valeria und Ferdi, ihr auch.» Es klingt militärisch hart, wie ein Befehl.

Faul holt sie mit seinem Weidling ab. Der Seeplatz ist ein kleines Stück Land, direkt am

Wasser mit einem Bootshaus. Auf dem Rasen steht ein steinerner Tisch mit einer umlaufenden Bank.

«Setzt euch», sagte der Admiral, «es sind schon alle da. Ferdi und Valeria sitzen in der Mitte. Sie wissen zwar nicht warum, aber es hat seinen Grund. Der Rest verteilt sich, wies kommt.»

«Man serviere», ruft der Admiral. Das hat Ferdi noch nie gehört. Man serviere! Das hat etwas Herrschaftliches, etwas Befehlsgewohntes. Der Knecht zuckt zusammen. Ist etwa er gemeint? Der Admiral lacht. Heute werdet *Ihr* bedient.

Leckereien werden geschöpft, die Ferdi unbekannt sind. Weissliche Würmer, gross wie Engerlinge, ein fettiger geräucherter Fisch mit einer scharfen Sauce. Crevetten und Aal mit Meerrettich, wird er aufgeklärt.

Die Serviertöchter vom «Seehaus» machen ihre Sache gut. Beinahe lautlos schöpfen sie nach. Ferdi schwindelt vor diesem Überfluss an Fisch, Braten, Salat und in Öl eingelegten Gemüsen.

«Das können wir auf der Insel nicht bieten», sagt die Valeria.

«Ist auch nicht nötig. Die Insel soll bleiben, was sie ist. Heimat muss bescheiden sein. – Noch etwas Aal», macht der Admiral beinahe verschworen zu Ferdi, «nur ein kleines Stückchen. Dazu könnten wir nämlich einen Genever nehmen, einen Wacholderschnaps.» Er greift unter den Tisch und hebt eine kleine Flasche hervor. Sein Glas trinkt er in einem Zug leer.

«Dies ist also mein Jahrestag», sagt er. «Mein zweiter Geburtstag, könnte man auch sagen.»

Es wird still. Der Mond als fahle Sichel steigt hinter dem Etzel auf.

«An einem solchen Tag bin ich Anfang Mai 45 mit meinem Piloten von Dübendorf aufgestiegen. Alarmstart. Die C36 wird aufs Rollfeld gezogen. Ich setze mich hinter meinen Piloten in Sturzhelm, Fallschirm und ledernem Overall und klemme mich hinter mein MG. Wir sitzen übrigens Rücken an Rücken und sind durch eine Gegensprechanlage miteinander verbunden. Ich kann nie nach vorne blicken, sehe nur immer das verdammte Heck mit dem Schweizer Kreuz am Seitenleitwerk.»

«Auf gehts», sagt der Leutnant, «Amis oder Engländer von Süden her.»

Vollgas. Der Boden sackt weg. Ich kann den Turm der Hochwacht auf dem Pfannenstil erkennen. Dann liegt die Seelandschaft unter mir, die Ufenau schön in der Mitte. Die C36 schraubt sich immer höher. Die Luft wird dünn. So hoch, wie die in ihren Fliegenden Festungen fliegen, kommen wir gar nie. Aber eine fliegt tiefer, mit rauchendem Motor. Und wie wir aufschliessen, um sie nach Dübendorf zu geleiten, da eröffnet der Idiot in seiner Kanzel am MG das Feuer. ‹Schütze›, schreit mein Pilot, ‹wir tauchen ab und holen ihn dann von oben. Feuererlaubnis.›

Er drückt den Apparat in eine enge Kurve und zieht die C36 mit Vollgas wieder hoch. Mein Mageninhalt schiesst hoch, und ich muss mich beinahe übergeben. Jetzt sind wir über dem Bomber, schiessen abwärts, und der Pilot schreit: ‹Feuer!› Meine Garbe hämmert heraus. Aber dann kommt die Antwort. Die Plexiglashaube unserer Kiste zerspringt. Der Motor stottert, raucht und steht still. ‹Raus›, schreit der Leutnant, ‹raus, ehe die Maschine ins Trudeln kommt.›

Wie ich herausgekommen bin, weiss ich nicht mehr. Aber der Pilot schafft es nicht. Die Amis sind mit zwei Motoren sicher in Dübendorf gelandet, während der Rest des Pulks seine Bomben über Friedrichshafen gelöst hat und bei Cornedbeef und Coca-Cola nach Italien zurückfliegt. War ein feiner Kerl, dieser Leutnant. Seit diesem Tag habe ich nie mehr eine Nationale gesetzt. Von oben gibts sowieso keine Grenzen. Die sind nur in den Köpfen.»

Er greift unter den Tisch und stellt eine Flasche Weissen auf das steinerne Blatt.

«Greift nur zu», ruft er, «es steht eine ganze Batterie darunter.»

«Einschenken», befiehlt er, und dann: «Auf meinen Piloten, der zu jung sterben musste und erst noch sinnlos. Der Krieg dauerte nur noch ein paar Tage. Ex!»

Er schmeisst das Glas in den See, stapft durch den Rasen zum Bootshaus und wird diesen Abend nicht mehr gesehen.

Faul bringt Valeria und Ferdi zum Weidling und pflügt mit halber Kraft durch flüssiges Silber zur Ufenau.

«Warum hat er uns eigentlich eingeladen», fragt Ferdi.

Und Faul: «Er hat es gesagt, ohne dass Ihr es gemerkt habt.»

«Doch, doch», antwortet die Valeria, «aber wir sind doch nicht die Mitte der Welt.»

«Nein, aber die Mitte der seinigen.»

Als Valeria mit Ferdi zum Gasthaus geht und sich ein wenig an seine untersetzte Gestalt lehnt, sagt sie: «Schlimm ist das, wie der trinkt. Er schüttet den Alkohol regelrecht in sich hinein.»

«Er will vergessen», sagt Ferdi, »das Erlebte wegspülen, ertränken, ersäufen.»

«Das geht nicht», antwortet Valeria, «das kann nur die Zeit oder der Tod.»

Träume

Beide sind Mitte fünfzig, ein kinderloses Ehepaar. Immer noch sportlich, braungebrannt und drahtig. Sie kommen schon seit Jahren regelmässig auf die Insel, und seit Jahren reden sie von einer Weltumsegelung, ihrem Lebenstraum. Ferdi hört ihnen jeweils geduldig zu und hat auch einmal ihr Boot besichtigt. Vom Steg aus. Mit dieser Nussschale wollt ihr um die Welt? Sie empören sich. Eine dreissig Fuss lange Segelyacht ist das, hochseetauglich.

In der Freizeit besuchen sie Navigationskurse, nehmen Unterricht in Radiotelefonie, studieren Gezeitentabellen, die Merkmale der verschiedenen Seezeichen und eignen sich Kenntnisse über erste Hilfe an.

Valeria macht sich schon Sorgen, als sie während des Sommers drei Wochen lang nicht zu sehen sind. Sie hört sich ein bisschen um, aber von einer abgesoffenen Yacht ist nicht die Rede. Das müsste sich herumgesprochen haben. Doch plötzlich tauchen sie freudestrahlend auf. Und stolz. Wir haben den

B-Schein gemacht, sind jetzt hochseesegeltauglich!

Sie setzen sich, ohne zu fragen, zu den Admiralen. Mit dem B-Schein in der Tasche ist das nicht nötig. Und die Admirale wissen, was sich gehört. Einer gibt den Ton an.

«Wir lagen vor Madagaskar und hatten die Pest an Bord.»

«Könnt ihr noch ein anderes Seemannslied?»

Aber gewiss: Yellow Rose. Das gefällt ihnen besser. Die zukünftigen Salzbuckel begeistern sich an ihren eigenen Träumen: Genua, Korsika, die Balearen, Gibraltar, die Kanarischen, der Atlantik... Mitte September wollen sie starten. Von Genua aus.

«Moment», sagt einer, «das ist nicht die beste Jahreszeit. Da geratet ihr im Atlantik womöglich in die Herbststürme, und der Golfe du Lion kann bereits sehr gefährlich werden. Mit dem Mistral lässt sich nicht spassen. Verschiebt euern Törn um ein halbes Jahr.»

Kommt nicht in Frage. Es ist alles vorbereitet. Wohnung gekündigt, unverderbliche Bordvorräte eingekauft, Reparaturmaterial an Bord, die Bordapotheke aufgefüllt von Abführtabletten bis zur Beinschiene. Der Bootstransport ist organisiert, sogar ihr Testament haben sie geschrieben und bei einem Notar hinterlegt. Nein, man kann sie nicht mehr aufhalten. Mast- und Schotbruch wünschen die Admirale. Schreibt von New York eine Karte oder von Veracruz, von Rio oder Buenos Aires. Und vergesst die Ufenau nicht.

Im Frühling darauf erhalten Valeria und Ferdi einen knappen Brief:

«Nach gefahrvoller Überfahrt glücklich einen Winterhafen auf den Balearen erreicht. Sind nicht die Einzigen. Viele pensionierte Engländer, glücklich ihrer nebligen Insel entronnen, sind hier und mit demselben Ziel: Weltumsegelung.»

Im Herbst sind sie immer noch auf den Balearen. Wieder ein Brief:

«Ziel nicht aus den Augen verloren, aber der Sommer war zu schön und die Engländer fidele Kumpel. Sie bechern Rioja in vollen Zügen. Wir halten mit. Ab und zu ein kleiner Ausflug in eine abgeschiedene Bucht, sonst erleidet der Motor noch einen Lagerschaden. Das laufende Gut ist etwas schadhaft geworden. Das Unterwasserschiff voller Bewuchs, Algen und Muscheln. Ein Prosit auf die Ufenau! Herzlichst.»

Auf dem Briefpapier sind ein paar Rotweinflecken zu erkennen.

Es ist August. Valeria schwenkt einen Brief von den Balearen in der Hand und setzt sich zu den Admiralen.

«Wir lernen jetzt Spanisch. Englisch können wir schon ganz gut. Suchen uns für den Winter eine kleine Wohnung. Ein Engländer mit Taucheranzug hat unser Unterwasserschiff notdürftig gereinigt. Nächstes Jahr muss die Yacht unbedingt in eine Werft. Motor läuft nur noch stotternd, wenn überhaupt. Die Balearen gefallen uns je länger, je besser, doch den Lebenstraum haben wir nicht aufgegeben.»

Sie lassen den Brief herumgehen und schauen nachdenklich auf den Wasserstreifen zwischen der Insel und Pfäffikon, wo emsiger Betrieb herrscht. Am Steg ist kein einziger Platz mehr frei. An einem Tisch wird gesungen. Über

dem Obersee übt ein Sportflieger Akrobatikfiguren. Das letzte Kursschiff nimmt von Rapperswil her Kurs auf die Insel, und von den
ankernden Booten dringt das Geschrei badender Kinder. Bruder Anselm schleppt Giesskanne um Giesskanne in seinen Garten. Valeria
steckt den Brief wieder in den Umschlag und
begibt sich in die Küche. Ferdi stellt das Leergut zusammen.

«Die Weltumsegelung schaffen sie nie», sagt
ein Admiral. Da sind alle einverstanden, und
sie wissen auch, wie es weitergehen wird. Das
Boot wird vergammeln zu einer Art schwimmendem Wohnwagen.

Allmählich entvölkert sich die Insel. Nur die
Admirale halten noch aus und sitzen schweigend in der Dämmerung.

«Geben sie ihren Lebenstraum wohl auf?»
fragt einer.

«Ist schon längstens in die Binsen gegangen», antwortet ein anderer, «aber trotzdem
dürfen sie nicht aufgeben. Wer keine Träume
hat, ist tot.»

Die Admirale erheben sich und gehen zum
Steg.

Kraftlose Wellen, von allen Seiten geschubst und gestossen, buckeln sich zu grauen Wulsten und verlaufen träge im Schilf.

Dampfkraft

Ganz unmerklich ist der hohe Sommer gekippt. Er hat seinen glühenden Hauch ausgeatmet und ist mild geworden.

Es dämmert. Die Schwalben flügeln hoch durch die Luft. Schwäne treiben wie weisse Korken in der Nähe des Ufers.

Ferdi sitzt mit einem kleinen Bierchen an der Hauswand, Anselm mit einem grossen. Sie schweigen lange, wie es nur Freunde können.

«Da geht ein unmerkliches Gleiten durch die Luft», sagt Anselm, «nichts Holperiges. Ganz sachte geht das eine ins andere über.»

Er nimmt einen Schluck und wischt sich den Schaum von der Oberlippe. «Hast du verstanden, was ich meine?»

«Der September kommt», antwortet Ferdi. «Emdzeit. Man wird die Ochsen wieder anschirren müssen. Das Gras steht hoch.»

«Du bist und bleibst ein Bauer. Natürlich kommt der September, so stehts ja im Kalender, aber hast du nicht bemerkt, wie die ausgebrannten Farben des Hochsommers allmählich sattem Herbstgrün weichen, das aus den Schattenhalden aufsteigt und von der Landschaft Besitz ergreift, wie ein grüner Teppich, der wieder über alles gelegt wird.»

«Gewiss», sagt Ferdi, «nach dem letzten Schnitt treffen die neuen Rinder ein, und die lassen wir weiden.»

Anselm lacht. «Du wirst es nie begreifen. Wie schön sind doch diese feinen Übergänge, und nirgends erlebt man sie eindrücklicher als hier auf der Insel, wo die Landschaften jenseits des Wassers wie gemalte Bilder sind und jeden Tag ein bisschen anders. Aber du denkst bloss an Heuet, Emd und die Weidezeit.»

«Meine Rinder fressen eben keine Farben», entgegnet Ferdi, «... aber, was ist denn das?»

Eine dunkle Rauchschleppe zieht von der Südspitze her über die Insel und bringt einen Geruch von Kohle und Schmieröl. Durchs Ankerfeld pflügt sich ein Boot mit einem Kamin und entlässt plötzlich eine kleine Schwade Dampf, der ein schriller Pfiff folgt.

«Die Churchill», ruft Ferdi. «Er hat sie tatsächlich zum Laufen gebracht, dieser Teufelskerl. Vor drei Jahren haben sie sie in den Ledischiffhafen von Nuolen geschleppt. Faul war dabei und sein Sohn. Sie haben den Eigner mitleidig belächelt: Wenn Sie dieses Boot mit dieser Maschine zum Laufen bringen, dann...

‹Was dann?› hat der andere gefragt.

Faul hat sich am Hinterkopf gekratzt und den Eigner gemustert. Ein untersetzter Mann mit aufmerksamen Augen. Einer, der gewohnt ist, mit Plänen und Werkzeugen umzugehen. Einer, der zuerst überlegt, bevor er spricht. Solche Leute sind selten geworden. Er steht ruhig da und wartet auf die Antwort.

‹Also, was dann?›

Faul blickt ins Gesicht des andern. ‹Allmählich trau ichs Ihnen zu. – Die Admirale könnten ein Flaggschiff brauchen. Die Churchill wäre das Richtige. Eine Ehre für Sie und Ihr Boot.›

Der Andere nickt. ‹Abgemacht›.»

Die Churchill pfeift zum zweiten Mal und legt quer am Kopf des Steges an. «Das darf sie», sagt Ferdi, «das habe ich ihm versprochen, wenn er sie zum Laufen bringt. – Valeria, stellt eine Flasche weisse Spätlese kühl! Wir haben etwas zu feiern!»

Ferdi eilt mit Anselm zum Steg. Die Churchill pfeift zum dritten Mal. «Eingestiegen», ruft der Eigner. Sein Gesicht ist geschwärzt, der Schweiss läuft ihm ins Gesicht, Russpartikel stecken in den Hautfalten. Seine Mütze hat er ins Genick geschoben. Mit Putzfäden wischt er die Messingrohre blank, die Armaturen, die Manometer, die Hebel der Ventile und wirft noch eine Schaufel Kohle in den Brennraum unter dem Kessel.

Sie legen ab und umrunden die Insel. Der Dampf zischt durch die Rohre und lässt den Kolben in seinem Zylinder arbeiten. Das Boot zieht ruhig seine Spur.

Nach einer knappen Stunde sind sie wieder zurück und riechen nach Kohle, Rauch und Schmierfett. Der Eigner wirft noch eine Schaufel Kohle ins Feuer, damit der Dampfdruck nicht zusammenfällt.

Valeria bringt die Spätlese. «Auf meine Rechnung», sagt Ferdi. «Und jetzt erzählen Sie, wie Sie das geschafft haben.»

Der Eigner nimmt die Mütze ab und wischt sich mit dem roten Halstuch das Gesicht. «Kaputt war nichts an der Churchill. Sie war ein Fahrgastschiff in Holland und lag ziemlich verrottet in einem alten Hafen. Ich hab sie in die Schweiz bringen lassen und die Maschine ausgebaut. Ein Prachtstück, aber schadhaft. Undichte Ventile, angefressene Leitungen, der Kessel angerostet. ETH-Ingenieure haben mich ausgelacht, als sie die Maschine sahen. ‹Unmöglich. Leitungen und Kessel müssen neu angefertigt werden. Das schaffen Sie als Laie nie.› Sie haben sich getäuscht. Der neue Kessel hat die eidgenössische Prüfung bestanden, und die Seepolizei hat mir bei der Abnahme gratuliert.» Er lacht wie ein Lausbub.

Anselm fragt: «Wie lange haben Sie daran gearbeitet?»

«Oh, mit dem Studium alter Einzylinderdampfmaschinen, dem Entwerfen der Pläne und schliesslich der handwerklichen Arbeit werden es zwei, drei Jahre gewesen sein.»

«Und wofür?» fragt Anselm. «In Ferdis Klapperkiste fahren wir in der halben Zeit um die Insel.»

Jetzt lässt sich der Eigner nicht mehr bremsen. Er bestellt eine weitere Flasche Spätlese, angelt aus seinem blauweiss gestreiften Maschinenraumkittel eine Schachtel Sumatra-Zigarren der Marke «Churchill-Morning» und erzählt die Geschichte des Dampfes und seiner Maschinen.

Es ist stockdunkle Nacht, als er ablegt, mit Anselm als einzigem Passagier.

«Ferdi», sagt Valeria am nächsten Tag, «zwei Flaschen Spätlese mögen ja angehen, aber geraucht habt ihr wie die Vulkane.»

«Na ja», entgegnet Ferdi, «ohne Feuer kein Rauch, ohne Rauch kein Dampf, ohne Dampf keine Bewegung. Es ist etwas Männliches in diesen Maschinen. Er hat sie uns sehr anschaulich erklärt, sogar Anselm hat es begriffen. Er kommt heute übrigens etwas später.»

«So», sagt Valeria spitz, «meiner Meinung nach braucht es etwas viel Feuer und Rauch, bis sich bei euch Männern etwas bewegt. Ich habe noch kurz aus meiner Kammer geguckt, als ihr zu dritt an der Hausmauer gesessen seid mit diesen Glimmstengeln in der rechten Hand.

Und wisst Ihr, was ich dabei gedacht habe?»

Ferdi schüttelt den Kopf.

«Grosse Buben!»

Bruder Anselm

Valeria hat einen Tisch in der Nähe des Hauses gedeckt und ruft zum Mittagessen. Es ist eine kleine Gesellschaft: Valeria, Bruder Anselm und Ferdi. In der dampfenden Schüssel liegt ein Stück Siedfleisch. Nach der Suppe zerschneidet es Valeria und achtet darauf, dass die beiden Männer ein schön durchzogenes Stück erhalten. Schweigend essen sie.

Nach dem Essen entzündet Anselm einen Stumpen. Valeria rückt wegen des Rauches nahe an Ferdi. Er spürt ihre Wärme, und sie beunruhigt ihn.

«Ferdi, Kirchweihzeit!»

Da hat sie ein Stichwort gegeben. Anselm pafft eine grosse Wolke in die Inselluft und meint: «So eine Chilbi möchte ich wieder einmal erleben. Mit wehender Kutte das Tanzbein zu schwingen, schickt sich für einen Klosterbruder zwar nicht, aber den Drehorgelklängen zu lauschen, ist sicher erlaubt, und dann dieser Duft der gebratenen Würste und das Gekitzel des Sausers in der Nase. Und all dies fröhliche

Volk unter Girlanden, Lämpchen, in Schaubuden und auf Reitschulen. Ja, an einer Chilbi kommen die Menschen zusammen und manchmal sogar die rechten.»

«Wie meinst du das?» fragt Ferdi.

«So, wie ichs sagte. Der Fischer Hiestand hat seine Frau auch an einer Chilbi kennen gelernt, und es ist eine gute Ehe geworden. Und der Hiestand hat ganz ordentlich Speck angesetzt, der war ja zu seiner ledigen Zeit ein spindeldürres Kerlchen, und wenn man heute seinen Gransen tief im Wasser liegen sieht, weiss man nicht, liegts am Hiestand oder am Fang.»

Er saugt an seinem Stumpen und schaut einem Platanenblatt nach, das durch die Luft segelt. «Herbst», sagt er, beinahe zu sich selbst, und dann ganz plötzlich: «Valeria, einen Kaffee mit einem Kirsch.»

«Anselm, das bin ich aber von Euch nicht gewohnt.»

«Ihr werdet eben alt, da lässt das Gedächtnis nach. Immer zur Chilbizeit, wenn der Garten beinahe abgeräumt ist und die Herbstastern zu blühen beginnen, nehme ich nach dem Essen einen Kirsch. Nehmt doch auch einen, Valeria.

Er vertreibt das Kratzbürstige und stärkt das Gedächtnis!»

Anselm lässt seinen Blick schweifen. Er scheint die ganze Herbstwelt vom Etzel bis zum Bachtel in sich aufzunehmen.

«Nächste Woche bin ich wieder zu Hause im Kloster. Vielleicht liegt bereits ein bisschen Schnee auf den umliegenden Höhen, und dabei gibt es Länder, wo man es jetzt vor Hitze kaum aushalten kann. Da war im letzten Winter ein gelehrter Pater aus Brasilien bei uns. Der hat am Kollegi während des Winters Erdkunde unterrichtet. Bin ja mein ganzes Leben nie über das Tessin hinausgekommen, habe immer für Gottes Lohn als Gärtner in Klöstern gearbeitet. Dort im Tessin ist mir aufgefallen, wie sich südliche Pflanzen hart machen müssen gegen das Austrocknen.

Ich habs dem Pater erzählt nach dem Mittagessen, wo für Brüder ja das Silentium gilt. Er hat mir dann in seinem Studierzimmer Bilder gezeigt von Urwäldern, von Trockengebieten, und einen Band mit Bildern vom Botanischen Garten in Rio de Janeiro hat er mir in meine Zelle mitgegeben. Er hat sogar gesagt, er würde mich gerne mitnehmen nach Brasilien, aber da müsse ich mir eine leichtere Kutte machen lassen. Ich habe nein gesagt. Bin nicht für die Tropen gemacht. In Brasilien gibts keinen Frühling, keinen Herbst, keinen Winter. Dort ist ein ständiger Kampf gegen die Sonne, gegen das Austrocknen und das Verdorren. – Die Jahreszeiten erinnern uns doch an das Vergängliche, an Abschied, an Neubeginn. Der Feuerball über dem Äquator käme mir mit der Zeit vor wie eine Strafe Gottes. Ich glaube, der Pater hat mich verstanden.»

Anselm drückt seinen Stumpen aus und trinkt den Rest Kirsch in seinem Gläschen.

«Bin ja kein Prediger», sagt er beim Aufstehen, «rüste ja bloss den Blumenschmuck in der Inselkirche, wenn sie Hochzeit halten, aber für mich ist der Bilderbogen der Jahreszeiten ein einziges Mahnen Gottes, der uns in seiner Allmacht zeigt, dass nichts auf dieser Welt endgültig ist, dass es immer wieder Abschied und Neubeginn gibt.»

Valeria und Ferdi schauen Anselm nach, wie er sich mit leicht nachgezogenem rechtem Bein zu seinem Pflanzblätz begibt.

«Jetzt hat er beinahe eine Predigt gehalten», meint Valeria, «so lange hat er noch nie gesprochen.»

«Ist auch nicht nötig», antwortet Ferdi, «man redet sowieso zu viel.»

Kirchweih

Hochbetrieb am Seeplatz. Bude an Bude, und dazwischen drängt sich das Volk. Über allem heben und senken sich die Gondeln des Riesenrades. Der Duft von gebratenen Würsten vermischt sich mit jenem von Zuckerwatte und gebrannten Mandeln und liegt wie eine Duftglocke über dem Platz. Bereitmachen zur nächsten Fahrt! Ein amerikanischer Sänger aus den Lautsprechern der Autoscooterbahn deckt die Drehorgelklänge beinahe zu.

Anselm ist wie elektrisch geladen, steigt hastig aus dem Boot und verschwindet in der Menge. Valeria und Ferdi werden immer wieder gegrüsst. Man freut sich über den Besuch der beiden Inselmenschen. Valeria hängt sich bei Ferdi ein. Auf irgendeine Art muss man ja zeigen, dass sie während 15 Jahren miteinander...

«Was eigentlich?» durchfährt es sie. «So ist es vielleicht richtig: Seit 15 Jahren im Dienst der Insel und des Klosters.»

Ferdi steuert einen Tanzboden an.

«Das ist verwegen», denkt er, «aber andere tanzen ja auch.»

Valeria ist erstaunt, wie Ferdi tanzt. Das geht links und rechts herum und immer schön im Takt. Nach jedem Tanz bedankt er sich.

«Ich hab ja gar nicht gewusst...» – doch schon drehen sie sich wieder zur Musik.

«Ferdi, wo habt Ihr das nur gelernt?» fragt sie.

«Das kann man nicht lernen, das liegt im Blut.»

Bruder Anselm hat sich in der Nähe der Tanzbühne niedergelassen, vor sich ein leeres Glas und in der Hand eine Bratwurst.

«Ein Jungbrunnen, eine solche Chilbi.»

Er bestellt nochmals einen Dreier Sauser, aber von jenem im Stadium, denn er möchte noch den Entfesselungskünstler sehen und den Zauberer, der seine Frau zersägt, gewiss schon mehr als tausend Mal, und nach jeder Vorstellung sitzt sie wieder anmutig hinter der Kasse. Anselm ist überzeugt, dass er ohne Sauser hinter das Geheimnis des Zersägens käme, aber das will er ganz und gar nicht, denn wenn man alle Geheimnisse einer Chilbi löste, wärs keine Chilbi mehr.

Valeria und Ferdi steigen erhitzt vom Tanzboden.

«He», ruft Anselm, «ihr habt ja getanzt, dass schon das Zusehen eine Freude war. Bestellt, was ihr wollt, ich zahls.»

«Anselm», sagt die Valeria, «von dieser Seite kenne ich Euch nicht.»

«Jetzt mal Spass beiseite, Valeria. So ein elender Giizgnäpper bin ich denn doch nicht. Habt Ihr denn nicht gespürt, wie ich in all den Jahren dankbar war für die Heimat auf der Ufenau, die ihr bewirkt habt. Man kann einen Brotlaib auf den Tisch knallen und ein Messer hinterherwerfen und sagen: Bedient euch. Man kann das Brot aber auch schneiden – eigentlich müsste man es brechen, sagen die Patres immer – und in ein Körbchen legen, so wie Ihr. Und der Ferdi ist mir im Laufe der Jahre zu einem Freund geworden. Also, bestellt Schinken, Koteletts, bestellt, was Ihr wollt. Ich geb am Buffet und dem Maitli Bescheid.»

«Pater», sagt eine junge Frau mit verweinten Augen. «Ich brauche einen Rat.»

«Bin Bruder, nicht Pater.»

«Umso besser. Ich arbeite hier seit zwei Tagen als Kellnerin, und mein Freund lässt mich sitzen. Ich hab ihn mit andern tanzen gesehen. Hier, auf dieser Bühne.»

«Einfach so? Ich meine, er hat Ihnen nichts gesagt, oder habt ihr euch gestritten?»

«Nichts. Kein Streit, rein nichts. Ich krampfe, und er tanzt mit andern, und ich muss ihm dabei gar noch zusehen. Sagt mir ruhig du.»

«Ich lade dich in eine Vorstellung ein. Du wirst schon merken warum. Dauert bloss eine Viertelstunde, so lange wirst du dich wohl freimachen können.»

Sie sitzen nebeneinander auf einer wackligen Bank. Draussen auf dem Podest, wo auch die Kasse steht, wird der Welt grösster Entfesselungskünstler angepriesen. Zuschauer dürfen ihn nach Gutdünken fesseln. In der Vorstellung wird zu sehen sein, wie er sich befreit. Hereingeströmt, meine Herrschaften! Anselm befördert aus seiner Kutte ein Säcklein gebrannte Mandeln und hält es der jungen Frau hin. Aber jetzt ist Vorstellung und Beginn. Das Kettenbündel wird hereingebracht, die Kettenenden werden mit einem starken Malerschloss gesichert. Der Artist kann kaum mehr atmen, läuft im Gesicht bläulich an, und plötzlich, man weiss nicht wie, fallen die Kettenglieder von ihm ab. Es klirrt, das Malerschlösschen fällt zu Boden.

«Ich glaube, ich habe verstanden, warum Ihr mich in diese Vorstellung mitgenommen habt», sagt die junge Frau, «nur ist das Leben kein Schaubudenzauber.»

«Nein, nein», meint Anselm, «da, nehmt noch den Rest meiner Mandeln, aber Fesseln, die schmerzen, muss man lösen.»

Die junge Frau ist bereits in der Menge verschwunden.

«Wenn du wüsstest, aus wie viel Schaubudenzauber das Leben besteht! Wirst es schon noch erfahren.»

Entschlossen schreitet er nochmals den Platz ab und leistet sich eine Fahrt mit der Montblanc-Bahn, in deren Mitte eine riesige Spiegelkugel grelle Lichtflocken wirft. Anselms Kutte flattert, und aus den Lautsprechern heult die Bise. Etwas benommen verlässt er den Wagen und nimmt seinen Weg zum Hafen, vorbei am Ballonverkäufer, an den Schiessbuden und den

Ständen mit Magenbrot und türkischem Honig. Die Orgel einer Rössliriiti schmettert den Radetzkymarsch.

«Beinahe wie früher», denkt Anselm, «es fehlt nur noch der Äfflimann mit seinen Tieren, aber die haben mich immer gedauert.»

Ferdi steuert Pfäffikon an. Nebel steigt wie Rauch aus dem Wasser und verschluckt Lärm und Licht. Anselm zündet sich einen Stumpen an.

«Diese Kirchweihbilder! Darüber müsste einer einmal predigen. Aus dem Volk ins Volk!»

Valeria hat sich in ihren Mantel gehüllt und beobachtet das vorübergleitende Ufer, Haus für Haus. Die Ufenau liegt wie ein riesiges Floss auf dem Wasser. Sie kommt immer näher. Ferdi kennt jeden einzelnen Baum, der in den Nachthimmel ragt. Er vertäut das Boot. Sie schreiten zusammen zum Gasthaus. Aus dem Stall dringen die Geräusche der Rinder.

«Ferdi», sagt Valeria, «das war ein schöner Tag. Vergelts Gott.»

«Den habt Ihr längstens verdient. Längstens.»

Es entsteht eine Pause, denn er will ihr etwas sagen, was er bloss spürt. Also schweigt er. Und dann: «Ich will noch nach den Tieren sehen, dann gehe ich in meine Kammer.»

Regen

Zunächst ist es ein goldener Morgen, aber dann schiebt sich dunkles Gewölk von Westen heran.

Graue Bäusche wie Stahlwatte treiben knapp über den Etzel und bleiben hängen am Speer und am Schäniserberg. Der Föhn stösst kraftlos dagegen, öffnet ein kleines, milchblaues Fenster, welches sich im Laufe des Nachmittages wieder schliesst. Das Aufbäumen des Föhns hat auf dem Wasser des Frauenwinkels bloss ein dunkles Huschen von kleinen Wellen bewirkt.

Heck in seinem Kahn spannt eine Plane und begibt sich in Ufernähe, während die Admirale die Anker ihrer Yachten gelichtet haben. Ihr gelbes Ölzeug haben sie schon auf der Insel übergestreift, und nun schieben sie beim Wegfahren den Südwester ins Genick.

Der Regen setzt ein, beinahe unmerklich, ein Fiserlen, ein Nieseln vorerst, eine Art Nebelregen aus verhangenem Himmel, aber immer dichter werdend mit kühlen, feinen Tröpfchen. Das Laub der Platanen hält den weiträumigen

Platz der Gartenwirtschaft noch trocken, aber allmählich reisst sich das eine oder andere regenschwere Blatt von seinem Ästchen, torkelt zu Boden, auf seinem Fall von weitern Tropfen getroffen, so dass sich sein Torkeln in ein schlappes Fallen verwandelt, ein wasser- und herbstbeladenes Abstürzen. Schräg fallen dünne Wasserschnüre aufs Dach. Im Kännel beginnt es zu glucksen. Die Rinder stehen wie dunkle Flecken zusammengedrängt am Fuss der kleinen Anhöhe zu St. Peter und Paul. Ab und zu ein kurzes Schellengeklingel.

Ferdi nimmt die Pelerine und schlüpft in seine Gummistiefel. Kein einziges Boot liegt am Steg. Enten treiben mit im Gefieder verborgenem Schnabel in der winzigen Bucht zwischen Anlegestelle und Bootshütte, ein paar Blesshühner attackieren einander mit giftigen Schreien und heftigem Flügelgeknatter, aber sonst ist alles ruhig, nur der Regen strömt aus einer dichten Wolkendecke auf Land und Wasser. Die Bretter des Steges sind durch die Nässe rutschig geworden, und als Ferdi seinen Schritt zur östlichen Spitze der Insel wendet, wo in der

Nähe der Uferbäume Hecks Kahn vor Anker liegt, achtet er auf seine Schritte.

«He, Heck», ruft er, «lebst du noch, oder bist du etwa bereits ersoffen?»

Unter der Plane wird es lebendig, und Heck streckt seinen Kopf heraus. «Nein, nicht ersoffen», ruft er, «da brauchts denn doch ein bisschen mehr. Bin auch ganz gut gesättigt von Spaghetti und erwärmt von einem doppelten Kirsch, aber es könnte trockener sein. Diese Nacht wird es wohl durchregnen. Wenn ich morgen vorbeikomme, wird mir die Valeria einen heissen Tee wohl nicht abschlagen.»

«Und ein Stück Brot auch nicht», ruft Ferdi gutmütig übers Wasser. «Na dann, schlaf gut. Stürme gibts diese Nacht keine, und sollte dein Kahn absaufen, so sinds ja nur ein paar Meter bis zum Ufer.»

Hecks Strubbelkopf verschwindet. Sein Kahn schaukelt zwei-, dreimal heftig. Der Wasservagabund ist jetzt wohl unter seine Decke geschlüpft.

Die Lützelau ist beinahe verborgen hinter Regenschleiern. Gegen Rapperswil und den

Lenggis lagern einige Nebelbänke. Durch den Schilf geht ein leises Zittern, und dessen Blüten neigen sich triefend gegen den See. Einzig die Binsen stehen fest und aufrecht. Ferdi schreitet zu St. Peter und Paul. In den Abzugsgräben gluckst das Wasser. Ab und zu springt mit lautem Plumpsen ein Frosch ins Wasser des Grabens. Dem muss das Wetter behagen. Heck ist wohl auch so eine Art Amphibium.

Bei der Grabplatte Ulrich von Huttens hält er an und überblickt unter dem schirmenden Kastanienbaum stehend sein Eiland, auf dem der Reichsritter lebensmüde und von Krankheit gequält sein Leben beschlossen hat. Ferdi weiss wenig von dessen Leben, aber dass der streitbare Adlige hier seinen Frieden mit der Welt gemacht hat, kann er sich gut vorstellen.

Kein Laut, kein Flügelschlag. Einzig vom Landungssteg der Kursschiffe dringt einförmig das Geräusch plätschernder Wellen. Sie laufen von Stäfa her quer über den See und verrinnen in den Kieseln des Ufersaumes. Die Bäume tropfen vor Nässe, und den Stamm herunter rinnen kleine Bäche. Ferdis Stiefel schmatzen, als er den westlichen Ufersaum abschreitet. In den Pfützen liegt in Schichten welkes Laub. Auf dem gemauerten Seezeichen, welches das Ende des grossen Unterwasserfelsens bezeichnet, hockt stur eine Möwe. Die Seedörfer sind im Regen verschwunden, und Ferdi hat den Eindruck, als treibe die Insel dahin wie einst die Arche in der Sintflut.

Tod eines Admirals

Die Motoryacht hatte von Richterswil her den Frauenwinkel angesteuert, war ganz knapp am Felsen vor der Insel vorbeigekommen, begleitet von einigen Möwen, die über dem Boot weissflüglig ihre scharfen Kreise zogen, das einzig Helle an diesem Tag. Schnurgerade legte das Boot seine Spur ins Wasser, überquerte die Fahrrinne zwischen Ufenau und Lützelau, und in den Untiefen vor dem Seedamm lief das Boot auf. Der Diesel lief weiter, liess die Schraube mahlen und malochen und drückte das Boot immer tiefer ins Röhricht.

Am Morgen, als Ferdi nach seinen Tieren sah, war das Tuckern des Motors noch immer zu hören. Da stimmt was nicht, dachte Ferdi.

«Heck», schrie er Richtung Heustock, «Heck, schau mal nach.»

Der kam eine halbe Stunde später mit seinem Boot zurück, ganz grau im Gesicht.

«Tot», sagte er nur. «Er liegt vornüberbeugt über dem Steuerrad und ist eiskalt. Der

Bordschütze ist es, jener mit dem Seeplatz. Die Seepolizei birgt die Yacht.»

«Tot also», entgegnete Ferdi, «hoffentlich ein guter Tod, ein schneller.»

«Muss ja wohl», meinte Heck, «eingeschlafen am Steuer für immer, vielleicht vorher ein kurzer stechender Schmerz in der Herzgegend, was weiss man. Er hatte den Autopiloten eingeschaltet, und das Boot lief weiter. Vollgetankt hatte er auch. Wollte wohl so eine letzte Spätherbstrunde um den See fahren. Hab ihn oft auf dem Wasser gesehen, vor Bolligen, beim Steinbruch in Nuolen, in der Bucht von Wurmsbach, in Schirmensee und hinter der Au, wo die Archäologen tauchen. Mit denen hat er sich einmal angelegt: ‹Woher nehmt ihr das Recht, wegen ein paar Tonscherben die ganze Bucht abzusperren? Der See ist für die Lebenden, nicht für die Toten.›»

«Ein guter Mann», sagte Ferdi, «hat aber zu viel gesoffen.»

«Von wegen, wird wohl seine Gründe gehabt haben. Keiner, der säuft, macht es ohne Grund.»

Eine Woche später halten die Admirale mit ihren Yachten in Kielspur auf die Insel zu, die Churchill an der Spitze. Alle haben einen schwarzen Wimpel gesetzt, und wie sie an Land sind, stellt Ferdi fest, wie alt sie sind. Der eine geht gebückt, der andere am Stock, der dritte hat schlohweisses Haar. Sie verlangen den Schlüssel zur Kirche und schreiten wortlos am abgeernteten Garten Anselms vorbei. Einer setzt die Urne auf den Taufstein. Sie haben den Statthalter gebeten, ein paar Worte zu sprechen.

«Der Herr ist mein Hirte, mir wird nichts mangeln.

Auf grünen Auen lässt er mich lagern. Zur Ruhstatt am Wasser führt er mich...»

Er entwirft in kurzen Worten das Bild eines Lebens, das sich je länger, je enger mit dem See verbindet und hier die Erfüllung und die Ruhe findet. Der wortgewandte und um sprachliche Einfälle nie verlegene Priester spricht ganz einfach, beinahe stockend. Jedes Wort nimmt er sorgfältig in den Mund und prüft es vorher in Gedanken.

Er bringt es fertig, den Wellenschlag des Lebens mit jenem des Sees zu verbinden als etwas Ewiges und Flüchtiges zugleich.

Was ist der Mensch in seiner Zeitlichkeit? Ein Staubkorn in der Unendlichkeit der Schöpfung. Und diesen Staub, das war der Wunsch des Admirals, werden wir der Schöpfung zurückerstatten.

Sie fahren wieder in Kiellinie ab und halten auf den Schilfgürtel jenseits der Fahrrinne zu. Als die Motoren verstummen, nehmen sie ihre Mützen ab und klemmen sie unter den rechten Oberarm. Einer zerschlägt mit einem kleinen Hammer die Urne und streut die Asche aufs Wasser. Jetzt lassen sie ihre Nebelhörner ertönen, setzen die Mützen wieder auf, salutieren und zerstreuen sich in alle Richtungen, während die Asche von der Wasseroberfläche allmählich in die Tiefe sackt, wo silbrig glänzend Tausende von zentimetergrossen Jungschwalen stehen.

Faul bringt Ferdi und Heck mit seinem Weidling zur Insel.

«Ein würdiger Abschied», sagt er in der Küche. «Das mit der Ruhstatt am Wasser hat mich getroffen. Muss ich mir merken. Einen schönern Friedhof als den See…»

Valeria steht am Herd und dreht sich brüsk um.

«Es reicht jetzt. Wir leben noch.»

Die Archäologen

Grau. Ein grauer Deckel über allem, eine Welt wie aus Asche. Als schwarze Punkte liegen die Blesshühner in riesigen Schwärmen auf dem Wasser. Von der Au her pflügt sich ein Boot gemächlich durch den See. Wie zähflüssiges Öl wirft sich das Wasser am Bug auf, verläuft dem Rumpf entlang und glättet sich am Heck. Knapp über Wasser fliehen die Blesshühner mit schnellen Flügelschlägen. Sie schlagen mit ihren schwimmhautbewehrten Füssen aufs Wasser, dass es klatscht, und kommen ein paar Dutzend Meter weiter wieder zur Ruhe.

Das Boot nimmt Kurs auf den verlassenen Steg, der sich im Wasser spiegelt. Sie werfen heckwärts einen Klappanker aus und befestigen das Haltetau an einer Stange, welche auf dem Bug die Standarte Zürichs trägt. Drei Männer steigen aus und begeben sich zum Gasthaus. Valeria mustert sie.

«Drei Portionen Gerstensuppe bitte.»
«Wo?»

«Wenns sein muss, draussen.»

«In der Küche ists wärmer.»

Sie löffeln schweigend ihre Suppe und trinken dazu heissen Tee.

«Ihr seid die Inselwirtin?»

«Ja, so sagt man. Und ihr?»

«Archäologen. Wir haben hinter der Au einen Siedlungsplatz aus der Steinzeit untersucht.»

Ferdi kommt vom Stall und setzt sich.

«So, Archäologen. Noch nie gehört.»

Sie klären ihn auf über Uferdörfer, Pfahlbauten und Schnurkeramik. Über die verschiedenen Perioden der Ansiedlungen und wie sie sich unterscheiden lassen.

«Der See ist eine riesige Fundgrube. Ihr seid nicht die Ersten hier, obwohl es an diesem Novembertag so erscheinen mag. Von der Au bis zur Insel haben wir kein einziges Boot gesehen.»

«Gut möglich», sagt Ferdi, «man sieht nicht alles in dieser Jahreszeit. Der November verschluckts.»

«Die beste Zeit für uns. Wenig Wellenschlag. Die Seekreide auf dem Grund wird nicht verwirbelt, und unter Wasser ist es klar und sichtig.»

«Ihr arbeitet unter Wasser?»

«Gewiss. Wir steigen mit Schutzanzügen, Taucherbrille und Schwimmflossen hinein und suchen den Grund nach Spuren ab: Tonscherben, Überreste von Pfählen, von Werkzeugen, von Schmuck. So versuchen wir, uns ein Bild zu machen, wie man damals lebte.»

Ferdi schenkt sich ein Bier ein, ein kleines. «Und da findet man heraus, wie man damals lebte?»

«Ein Zusammensetzspiel, aber es ergibt sich schon ein Bild, und je länger man arbeitet, desto genauer ist es.»

«Das meine ich nicht», entgegnet Ferdi, «sondern *wie* sie miteinander lebten. Das waren doch Menschen, und die hatten ihre Vorstellungen und ihre Wünsche. Kriegt ihr das auch heraus?»

«Nein, natürlich nicht.»

«Dann ist eure Kunst unnütz», fährt die Valeria dazwischen, «ganz und gar unnütz. Ob mein Mann mit einer hölzernen Angel oder einer aus Bronze angelt, wäre mir gleichgültig. Hauptsache, er hat mich gern.»

«Mit einer bronzenen Angel fängt er vielleicht mehr, also kann er Vorräte anlegen, kann die Familie besser ernähren und übrig gebliebene Fische gegen ein Schmuckstück eintauschen. Als Geschenk für die Frau.»

«Aber trotzdem pfeif ich drauf. Wichtig ist der Mensch, und jenem, den ich gern habe, würde ich dann schon sagen, mit welcher Angel er zu fischen hätte.»

Es wird noch viel hin und her geredet. Aber die Valeria bleibt dabei: Unnütz das alles.

Sie bezahlen und legen ab. Und das alles auf Staatskosten, denkt Ferdi, aber die Zürcher haben ja einen grossen Säckel.

Mit gemütlich tuckerndem Motor verschwindet das Boot im Novembergrau. Die Blesshühner dümpeln auf bleifarbenen Wellen. Ihr Gefieder hebt sich kaum vom Wasser ab. Hunderte sind es, und man hört keinen Laut. Valeria stellt das Geschirr zusammen und wäscht es. Ferdi will helfen.

«Nein, nicht nötig, ich bin schon beinahe fertig. Das waren flotte junge Leute, aber vom Überwasserleben haben sie keine Ahnung.»

Die Kündigung

Ein Spätherbsttag, wie ihn Valeria noch nie erlebt hat. Was für ein Licht, das über die Landschaft fliesst! Es ist wie ein letztes Aufflammen vor der kalten Jahreszeit. Auch wenn einige herbstfleckige Blätter zu Boden taumeln, noch hält das Blätterdach der Platanen, und der See ist spiegelglatt wie Seide. In ihm steckt noch die Kraft des Sommers, und er atmet sie aus.

Man kann alles mit der Hand greifen. Zwei, drei Boote streben zum Durchstich nach dem Obersee: Die Hand ausstrecken, und schon lägen sie drin. Der Etzel, ein Sandkastengebilde, die Bahn auf ihrem Damm wie aus einem Modelleisenbahnprospekt und Rapperswil, das vielgieblige, kirchen- und burgenbewehrte, ein hübsches Baukastengebilde.

Valeria nimmt das alles in sich auf, als sehe sie es zum ersten Mal. Ferdi hat neben der Wirtschaft mit einer langen Stange die ersten Nüsse heruntergeschlagen, und nun knackt sie Valeria auf. Ihre Hände sind von den Schalen ganz braun geworden, aber unentwegt öffnet sie Nuss für Nuss und legt die Kerne in ein Schälchen. Ferdi setzt sich mit einer Flasche Bier neben sie. Fischer Hiestand zerreisst mit dem Setzen der Schwebnetze den Spiegel des Sees. Das Bier fliesst ins Glas und schäumt.

«Der Schaum ist immer das Beste.»

Er blickt zufrieden über seine Welt, dieses kleine Eiland, mit dem Garten des Bruders Anselm, den gereinigten Abzugsgräben im Riedland, den eingeschlagenen Hagpfosten, und die Valeria mit dem ständigen Knacken stört ihn nicht. Der Schaum ist immer das Beste.

«Ferdi, Ihr sollt es als Erster wissen. Ich habe gekündigt.»

Ein Blatt fällt auf den Tisch, später ein zweites. Ferdi führt das Bierglas zum Mund.

«Gekündigt. Auf wann denn?»

«Ende März.»

«Und warum?»

Valeria blickt auf.

«Die Arbeit, die neue Kundschaft. Es wird mir zu viel.»

«So, zu viel. Kanns wohl nicht ändern.»

Mehr sagt Ferdi nicht. Und als er sein Bier

getrunken hat: «War wohl der letzte schöne Tag heute. Der See stinkt. Guten Abend, Valeria.»

Sie sieht ihm nach, wie er im Haus verschwindet.

«Ein Holzklotz», denkt sie, «ein eichenes Scheit. Ein Sturm müsste jetzt aufkommen, der das Haus zum Wackeln brächte, oder auch ein Erdbeben.»

Sie schüttet die Nusskerne in ein grösseres Gefäss und füllt das leere Schälchen mit etwas Milch für die Katze, die ihr fortwährend um die Beine strich. Aber Valeria merkt es erst jetzt.

Fischer Hiestand trapt mit schweren Schritten zur Gastwirtschaft und setzt sich neben Valeria.

«Ein Bier», sagt er, «bleib nur sitzen, ich hols mir selbst.»

Und als er sich einschenkt: «Wo ist denn Ferdi?»

«In seiner Kammer.»

«Der ist aber früh dran.»

«Ich habe gekündigt.»

«Aha, deshalb.»

«Wie meint Ihr das?»

«Muss wohl ein harter Schlag gewesen sein für ihn.»

«Glaub ich nicht. Viel hat er nicht gesagt.»

«Hat er noch nie, aber schlafen wird er sicher nicht.»

«Aber warum sagt er nicht mehr?»

«Warum soll er? Er braucht eben Zeit.»

Die Katze springt mit einem Satz auf den Schoss der Valeria und schnurrt zufrieden. Valeria krault sie hinter den Ohren.

«Ein Kater?»

«Das sieht man doch. Kätzlerinnen sind nicht so zutraulich.»

Hiestand schmunzelt.

«Wenn Ihrs bei Ferdi richtig anstellt, wird er auch noch schnurren.»

Valeria wird ärgerlich.

«Der und schnurren. Dieser Holzbock.»

«Ihr müssts halt eben versuchen.»

«Das wäre mir noch schöner.»

Valeria steht energisch auf und tritt mit einem Glas Roten aus der Küche. Hiestand staunt.

«Nächstens trinkt sie noch einen Schnaps», denkt er.

«Hiestand, seit wann steigen die Weiber den Männern nach? Nein, den Ferdi lasse ich auf der Insel zurück. Soll er doch den Inselknecht machen für diese neue Art Kundschaft, wie wir sie jetzt haben. Mich braucht er dazu nicht. Es hat sich in kurzer Zeit viel geändert. Schaut nur, wie sie bauen jenseits des Frauenwinkels. Es wird jetzt sehr schnell viel Geld verdient. Und Heck wurde letzthin von einem Kapitän mit einem zweistöckigen Kreuzer angepöbelt, was er hier mit seinem Lotterkahn überhaupt verloren habe.»

«Die Antwort wird er ihm wohl kaum schuldig geblieben sein.»

«Nein. Kurz und bündig: Du blöder Seefurz du!»

Hiestand lacht schallend.

«Richtet dem Heck aus, er sei beim nächsten Laichfischfang willkommen. Ich werde ihm allerdings vom Lohn jene Fische abziehen, die er im Laufe des Sommers aus dem Netz gehoben hat. Er stibitzt ja nur Mundvorrat, aber Ordnung muss sein.»

Die Nacht senkt sich ein. Hiestand bezahlt. Valeria bleibt sitzen. Am Pfäffiker Ufer gehen die Lichter an. Tag für Tag sind es mehr.

Heck

Das gelbe Licht vor dem Durchstich in den Obersee dringt nur noch schwach durchs Gestöber. Von Rapperswil her zuckt ein gelber Schein, huscht aufflammend durch die Flocken in einer kurzen Drehbewegung, an die sich sekundenschnell die nächste anheftet. Vorwarnung. Es bläst von Westen. Vom Felsen her gischtet und donnert es. Das allerletzte Laub stiebt von den Bäumen am Ufersaum. Am Landungssteg der Kursschiffe tost das Wasser, schäumt um die grossen Pfosten und spritzt weit ans Ufer.

Der Weststurm fällt allmählich zusammen, dafür wird das Geflocke umso dichter. Über den Seedamm rollen Züge, aber man hört und sieht sie nicht. Vom Durchstich her quält sich ein Boot zur Insel. Eine Viertelstunde später klopft Heck mit tränenden Augen und vereistem Schnurrbart an die Küchentür.

«Das war knapp», sagt er. «Ich liege einigermassen ruhig in der Bucht von Wurmsbach unter meiner Plane, aber dann geht der Tanz

96

plötzlich los mit Schnee und Westwind. Beinahe hätte es das Verdeck weggerissen. Will zuerst das Segel setzen und vor dem Wind zur Bätzimatt lavieren, aber da schiessen von Hurden her riesige Wassermassen, die den Aussenborder überspülen wollen. Heck, sage ich mir, die Bätzimatt erreichst du auch ohne Motor, aber die Ufenau nicht. Ich reisse am Anlasserseil. Der Motor will nicht. Ich befestige die Pinne mit einem Tau, so dass das Boot platt vor dem Wind läuft. Jetzt spucke ich in die Hände und reisse am Seil, immer und immer wieder und auf der Höhe des Psychiaters, wie heisst er schon wieder, der hat doch diesen grässlichen Turm in Bolligen gebaut, als hätte er Angst vor dem Wasser, was er vielleicht auch gehabt hat. Jetzt fällt es mir ein, Jung hiess er. Und wie der Motor anspringt, denke ich, Junge, Junge, zur Bätzimatt ists zwar nicht mehr weit, aber wenn von hinten plötzlich eine Wasserwand über deinen Motor herfällt, dann kannst du von grossem Glück reden, wenn du jemals die Bätzimatt erreichst, aber jetzt, nachdem der Motor läuft und genügend Sprit vorhanden ist, jetzt wende ich den Bug Richtung

Insel, aber in der Bucht von Lachen wars beinahe die Hölle mit Schnee, Westwind und Wellen quer und längs, die sich irgendwo schneiden, meistens unter meinem Boot, das emporgehoben wird wie ein Stück Kork, sogar die Schraube kommt aus dem Wasser, und der Motor heult dabei auf wie ein Staubsauger, und ich denke, jetzt verjagts ihn dann, ein letztes Aufheulen, dann ein Knall, päng! und du kannst sehen, wie du zur Bätzimatt kommst, aber nein, der läuft brav weiter, und in der Nähe von Hurden kann ich sogar Gas zurücknehmen, finde im Gestöber den Durchstich, aber mein Gesicht brennt, als wäre ich kopfvoran in die Brennnesseln gefallen, bin ja immer gegen den Wind gefahren, und das Boot zu befestigen, war auch eine Schinderei, der Schnee auf dem Steg ist wie Schmierseife, aber jetzt bin ich da und brauche einen Hafen heissen Tee und einen doppelten Rum, gopfertammi nochmals.»

«Heck», sagt Ferdi in der Küche und schiebt ihm Tee und Rum hin. «Es ist Anfang Dezember. Kein vernünftiger Mensch treibt sich jetzt auf dem See herum. Aber du klopfst mit deinem Boot die Seedörfer ab. Wenn du nicht auf meinem Heustock unterkriechst, schläfst du eingewickelt in alte Decken unter einer Plane in irgendeiner Bucht oder einem Hafen. Wie kommt das?»

Heck lässt den Tee in sich hineinrinnen und fährt den bernsteinfarbenen Rum hinterher. Aus seinem Schnauz tropft Wasser.

«Ja, warum? Ich weiss es, kanns aber schlecht sagen. Aber ich bin nicht der Einzige. Es gibt noch ein paar andere Seeverrückte. Seeverhexte, ist vielleicht besser. Wir kennen einander. Der Bordschütze gehörte auch dazu. Einer hat auf seiner Yacht einen Ofen einbauen lassen und sammelt am Buechberg Hartholz. Im Steinbruch in Nuolen sägt er sie zurecht auf handliche Stücke und heizt damit das Boot, aber nur mit einer Plane, ein paar Decken und etwas Schnaps wie ich ist keiner unterwegs.»

«Aber warum denn?» stösst Ferdi nach.

«Nichtschwimmer, Landmensch! Bei euch muss sich immer alles rechnen. Alles auf festen Boden gegründet. Plus und Minus. Und wenn Minus überwiegt, so ist das wie ein Untergang. Bei mir ists anders. Ich hebe den Anker und lege ab. Brauche ja nur wenig. Lege da und dort auch etwas Hand an. Von Booten verstehe ich ja was. Faul würde mich sogar einstellen, aber ich will nicht. Gelegenheitsarbeiten am Wasser ist viel besser. Habe schon alles Mögliche gemacht, vom Stegbau bis zum Bierzapfen an der Pfäffiker Füürwehrchilbi. Du wirst es nie begreifen, Ferdi. Jetzt hat der verdammte West aufgehört, und bald wird die Bise einfallen, ich spürs. Sie wird mich nach Stäfa bringen, nach Schirmensee oder zur Au. Ein schöner, gleichmässiger Nordwind. Die Ufenau wird immer kleiner werden, eine dunkle Scheibe auf dem Wasser. Dann werfe ich irgendwo Anker und lasse alle diese Arschlöcher mit Häusern und Bankkonten hinter mir. Lasse sie schmoren in ihrem eigenen Fett, bis die Grieben obenauf schwimmen. Ich habe mein Boot, was mehr ist als diese ganze beschissene Landwelt. Komme darin auch kaum mehr zurecht, aber den See kann mir keiner nehmen, und jetzt im Winter ist er nur für die Verrückten. Da hast du Recht. Und wenn ich morgen oder übermorgen zurückkomme, ists wie eine Heimkehr von grosser Fahrt auf hoher See. Bin, was

das Wasser betrifft, immer ein Kindskopf geblieben, ein Seesüchtiger.»

Heck erhebt sich, schreitet durch den Schnee
zum Steg, setzt das geflickte Segel und klemmt
sich hinter die Pinne. Ferdi gibt dem Bug einen
kleinen Stoss. Quirlend strömt das Wasser ums
Ruder, und wenig später ist der Wasservagabund in der Nacht verschwunden.

Weihnachten

Ferdi hat sich vor diesem Tag gefürchtet. Die letzte Weihnacht mit Valeria auf der Insel.

Mit grosser Sorgfalt arbeitet er im Stall, legt frische Streue aus, füllt die Futterraufen und wirft den Ochsen ein paar schrumplige Äpfel ins Heu.

Die hatte Valeria diesen Sommer beim Fuhrwerken während des Heuets verwöhnt. Immer nach dem Aufladen einer Mahd, wenn die eisenbeschlagenen Räder des Leiterwagens immer tiefer im weichen Boden einsanken, gab sie ihnen als Ansporn zum Anziehen ein paar Äpfel zu fressen. Ferdi hatte gescholten: «Valeria, Ihr verderbt mir die Ochsen.»

Aber es liess sich nicht mehr ändern. Die Ochsen waren gelehrig. Selbst wenn Ferdi Jauche ausfuhr: Ohne Äpfel kein Zug!

Dann sieht er nach den Hühnern und den Pfauen. Das eine oder andere Tier kauert auf dem Boden zwischen seine Schuhe. Ferdi nimmt es auf den Arm und streicht ihm über das Gefieder.

«Ferdi, Ferdii – Ferdiii!»

Das wird ihm fehlen. Da ist er sich sicher.

«Ferdi, Ferdii – Ferdiii! Telefon vom Statthalter. Anselm holt uns mit einem Boot ab, und dann geht es nach Einsiedeln zur Messe.»

«Ja, aber...»

«Kein Aber. Er hat für alles gesorgt, Unterkunft, Fahrt und Verpflegung. Am Morgen sind wir wieder zurück.»

«Es könnte Sturm geben.»

Valeria lacht: «Schaut, wie die Mücken tanzen!»

Alle Glocken läuten zur Mitternachtsmesse und bringen mit ihren Schallwellen die Luft zum Zittern. Die Menschen strömen durchs Dorf. Wie Valeria die Klosterkirche betritt, ist es ihr, als tauche sie ein in eine von Christus beseelte Welt. Sie kann sich nicht satt sehen an den Malereien an Wänden und Decken, und erst die Musik, die den Raum durchwogt, die Brüder und Pater in ihren besten Kutten und der Abt in seinem Messgewand. Ein Auto bringt sie weit nach Mitternacht zurück zur Statthalterei.

Anselm weckt sie mit verschmitztem Gesicht.

«Das Frühstück ist bereit. Wir essen mit dem Statthalter.»

Das hat es noch nie gegeben. Und was für ein Frühstück. Hamme, Eier, Zopf, Honig und Butter. Sie machen grosse Augen, langen aber tüchtig zu. Den Statthalter freuts.

«Nur zu, ich dachte, dieses Weihnachtsfest bin ich euch schuldig.»

«Pater», fragt die Valeria, «dann seid Ihr also in all den Jahren mit unserer Arbeit zufrieden gewesen?»

«Mehr als das. Wo früher ein Loch war, ist heute ein kleines Häufelchen, wenn Ihr versteht, was ich meine.»

«So, darüber habt Ihr aber nie ein Wörtchen verlauten lassen, dabei kostet Lob nichts und tut so gut.»

Der Statthalter seufzt. «Ich weiss, Valeria, sogar der Abt hat mir letzthin eine Andeutung gemacht.» Er schaut sie nachdenklich an und wirft einen Blick zu Ferdi. Und zu Anselm: «Ihr sagt jetzt gar nichts!» – «Valeria, bleibt Ihr bei Eurer Kündigung? Ich könnte den Lohn erhöhen...»

Die Valeria schneidet ihm das Wort ab.

«Nein, ich bleibe dabei. Ich verlasse die Insel ungern, aber ich kann die Arbeit in Zukunft nicht mehr meistern. Seht, die Ufenaugäste bildeten so eine Art genügsame Familie. Seemenschen und Ausflügler mit viel Zeit und wenig Geld, denen unser bescheidenes Angebot genügte. Die Fischer, der Rettungsdienst, die Kinder mit ihren Lehrern auf der Schulreise, die Brüder und Patres während der Lässe, vielleicht einmal der Gemeinderat einer Seegemeinde. Sie waren mit einer Suppe, einem geräucherten Schübling, einer Portion Käse vollauf zufrieden. Das hat sich geändert. Die neuen Kunden haben viel Geld und wenig Zeit. Sie können nicht warten. Sie möchten sich schnell verpflegen und schnell wieder weg. Und gehts nicht nach ihrem Gusto, werden sie frech.»

Ferdi nickt.

«Langweiliger Saftladen, hat letzten Sommer eine in weit geöffneter Bluse gesagt.»

Jetzt kann sich Anselm nicht mehr zurückhalten. Er lacht, bis ihm die Tränen kommen.

«Was ist denn daran komisch?»

«Ferdis Antwort. Er hat trocken gesagt: Langweiliger Saftladen? Find ich auch. Drum macht eure Bluse zu.»

Der Statthalter zieht sein Taschentuch und schützt ein Niesen vor.

Am Abend überreicht Ferdi in der Stube Valeria ein riesiges Paket. Eine elektrische Nähmaschine.

«Ferdi, wie könnt Ihr nur?»

«Ihr habt während Jahren freiwillig meine Kleider und die Wäsche besorgt. Die Maschine habt Ihr längstens verdient, längstens.»

Diesen Satz kennt Valeria, und sie hört ihn ganz gern.

«Wisst Ihr, womit ich die Maschine einweihe? Mit Euern Wäschestücken. Die bezeichne ich alle. Vielleicht wechselt Ihr die Stelle.»

«Das glaube ich nicht, aber das Nämelen kann nicht schaden. Und sollte ich dennoch weggehen, dann...»

«Dann?» fragt die Valeria.

«Dann gebe ich Euch Bescheid.»

Eiszeit

Das Wetter schlägt Purzelbäume. Im November tanzen die Mücken in Wolken zwischen den Stämmen des Ufersaums und über dem Ried. Gegen Ende des Monats setzt ein kräftiger Kaltluftschub ein, hält sich über die ersten Dezembertage mit wenig Schnee, dem aber Westwindwetter und Föhn folgt. Die Luft ist sichtig, und die Lichter der Seegemeinden liegen in der Nacht wie leuchtende Perlen auf schwarzem Samt. Weihnachten ist grün. Es scheint, als wolle der Winter dieses Jahr ausbleiben. Am Silvester beobachtet Ferdi gut genährte Distelfinken, die wählerisch nur die grössten Samen aus verdorrten Blütenständen picken, welche noch immer über dem Riedgras stehen. Im Jänner hält das warme Wetter an. Ferdi wird unruhig, als er die Bäume betrachtet. Unwillig schüttelt er den Kopf. Der Saft steigt. Noch zwei, drei Wochen, und sie beginnen zu treiben.

Aber Anfang Februar bricht der Winter mit Macht ein. Zuerst fällt der Föhn zusammen.

Regen folgt. Der Wind dreht auf Nord. Schnee-
flocken fallen und legen sich als dünner Schlei-
er auf die Gegend. Dann fällt das Thermometer
an einem Tag um 20 Grad Celsius. In den Äs-
ten knallt der gefrorene Saft wie Peitschenhie-
be. Der Winter lässt sich nieder. Er hockt im
Mittelland, setzt sich auf die Insel und schleicht
ins Haus.

Ferdi schleppt Holz aus dem Schuppen und
füttert den Kachelofen mit armdicken Schei-
tern. Valeria lässt den Holzofen in der Küche
nicht mehr ausgehen. Die Nächte sind sternen-
klar. Orion, der Winterkrieger, steht funkelnd
am Nachthimmel. Er hat sein eisiges Schwert
gezückt und lässt es täglich niedersausen. Mit
dumpfem Knall zerreissen in der Nacht ganze
Stämme, gesprengt durch die Kälte. Eis breitet
sich vom Ufer her aus. Bald ist der ganze Frauenwinkel eine einzige schimmernde Fläche. Le-
dischiffe halten vorsichtig fahrend eine Rinne
frei, die aber sofort wieder zufriert. Nach ein
paar Tagen bleiben die Lastschiffe im Hafen.
Das Eis in Ufernähe ist schwarz mit kleinen
eingeschlossenen Luftbläschen. Die Wasservö-

gel sammeln sich zu Tausenden auf der freien Seefläche zwischen Richterswil und Stäfa. Tag für Tag werden sie immer dichter zusammengedrängt. Schwäne watscheln unbeholfen im Ufersaum umher nach der Suche nach etwas Futter.

Die Bise fegt das Eis blank, treibt die Kristalle in Wolken knapp über die schwarze Fläche in den abgestorbenen Schilf, wo sie als fusshohe Mahden hängen bleiben und beim geringsten Drehen des Windes wieder davonstieben.

Vom Steg her knarrts. Manchmal bricht die Bise das Eis auf und schiebt zentimeterdicke Schollen gegen das Ufer. Die Pfosten des Landungssteges halten noch stand, aber der eine oder andere steht schon schräg.

Ein Tollkühner mit Langlaufski und wollener Norwegermütze ist der Erste. Aufatmend erreicht er das Ufer und strebt dem Gasthaus zu. Einen heissen Tee bitte, eine Bouillon oder einen Punsch.

«Wo ist die Toilette?»

«Unbenützbar! Alles zugefroren.»

Ferdi weist ihn zum Miststock. Es macht ihm nichts aus, dort sein Wasser abzuschlagen.

Jeden Tag kommen mehr. Der Frauenwinkel wird zum Betreten freigegeben.

Valeria weiss nicht mehr, wo ihr der Kopf steht. Der Holzofen in der Küche birst beinahe vor Hitze. Wie Ameisen tummeln sich Tausende auf der blanken Fläche. Mit Schlittschuhen, mit Schlitten, mit Kinderwagen auf Kufen. Eissegler tauchen auf, auch Velofahrer. Die Seepolizei. Der Seerettungsdienst. Die Presse. Sie verlangen immer dasselbe: Tee, Bouillon, Punsch, Nussgipfel und Biberli. Sie fressen und saufen die Gaststätte leer. Ferdi zieht einen Schlitten nach Pfäffikon und kommt voll beladen mit Brot, Zucker, Teebeuteln, Punschessenz, Nussgipfeln und Biberli zurück. Und immer wieder die Frage:

«Wo ist die Toilette?»

«Unbenützbar. Es bleibt nur der Miststock.»

«Sauerei! Ist denn keine private Toilette im Haus?»

«Doch, im ersten Stock.»

Sie nehmen sich nicht einmal die Mühe, die Schlittschuhe auszuziehen, und trampeln auf ihren geschliffenen Eisen im ganzen Haus herum. Da wird es Valeria zu viel. Ferdi muss ein Schild malen und am Haus befestigen.

RESTAURANT GESCHLOSSEN.
TOILETTE ZUGEFROREN
KEIN WASSER
KEIN STROM
NEUERÖFFNUNG IM FRÜHJAHR
          DIE INSELVERWALTUNG

Aber die Eisfröhlichen lassen sich nicht aufhalten. Sie belagern an Sonntagen das Haus. Valeria reichts.

«Ich bin Wirtin, keine Festungswärterin.»

Sie ruft im Beisein Ferdis den Statthalter an.

«Das geht uns beide an», sagt sie zu Ferdi, und dann redet sie energisch in die Muschel: «Ich kapituliere. Keine Toilette. Kein Wasser. Ich muss weg, sonst schnappe ich über.»

Der Statthalter hat Verständnis. Aber jemand sollte bleiben, sonst zünden sie in ihrem Unverstand das Haus an.

«Ferdi», sagt sie, «Ferdi bleibt. Wegen der Tiere, nicht wegen der Menschen.»

Ferdi nickt.

Der Abschied ist kurz. Sie murmelt etwas von Verwandten in Einsiedeln, schlüpft in ihren Mantel und wickelt sich in einen riesigen wollenen Schal, so dass nur doch der Mund sichtbar bleibt. Dann tritt sie am Montagmorgen aufs Eis und schreitet nach Pfäffikon. Ferdi sieht ihr nach, wie sie zielbewusst die weite Fläche überquert. So ist die Valeria. Immer entschlossen, das Richtige zu tun. Nur einmal hält sie inne, um den Schal neu zu ordnen. Ferdi kann seinen Blick nicht lösen und begleitet die immer kleiner werdende Gestalt mit den Augen, die Hände tief in die Hosensäcke vergraben, bis Valeria die Bootshütte mit der Pfaffendschunke jenseits des Frauenwinkels erreicht hat.

Wolkenschlieren schieben sich über den Himmel. Grau wird der Tag werden mit einem Licht, das alles undeutlich macht und verschwimmen lässt. Nebel lagert über dem Eis. Krähen flügeln quarrend über die Insel, und vom Klöntal her schiebt sich ein milchblauer Streifen über den Horizont. Ferdi begibt sich zu seinen Tieren und überlegt,

ob er auf die Tafel am Gasthaus mit Rot
«ACHTUNG TYPHUS!!!» malen soll.

Der neue Wirt

Der beginnende Frühling liegt wie dünner grüner Flaum über der Insel und wird täglich dichter. Aus harzgeschützten Knospen züngeln grüne Spitzchen. Bauschige Weidenkätzchen wiegen sich im leichten Föhn. Das Riedgras spriesst, und im Gebüsch unterhalb des Arnsteins leuchten die Blüten des Scharbockskrauts.

Das Wasser ist glasklar. Auf seiner Oberfläche spiegeln sich Hügel und Berge und umschliessen die Seelandschaft wie mit einem gezackten Rahmen. Das Frühlingsgrün klettert täglich höher.

Im Schilf herrscht emsiges Treiben. Geschnatter, Balz- und Signalrufe künden von der Geschäftigkeit des Wasservogelvolkes, und zwischen dürren Halmen verrichten im seichten Wasser zwei Hechte ihr Laichgeschäft. Vor dem Felsen heben und senken ein paar Sportfischer ihre Hegenen. Sie haben ihre wasserdichten Jacken ausgezogen. Die Sonne ist ihnen wichtiger als das Fischen. Scherzworte gehen von Boot zu Boot. Ab und zu heben sie ein Egli von der Angel, das sie in den Fischkasten gleiten lassen.

Ferdi schrubbt den Steg und spült mit einem Eimer die Entenkacke ins Wasser. Von Pfäffikon her hält ein Boot auf die Insel zu. Das ist der Statthalter mit dem neuen Wirt. Die Begrüssung ist kurz.

«Der Inselknecht», stellt ihn der Statthalter vor. «Zuständig für die kleine Landwirtschaft. Manchmal hat er der Wirtin geholfen.»

«Freiwillig», stellt Ferdi fest. «Die Landwirtschaft gibt genügend zu tun.»

Sie machen einen Rundgang um die Insel und besichtigen zum Schluss das Haus.

«Reich werde ich mit diesem Betrieb nicht», stellt der neue Wirt fest, wie sie sich auf eine Bank beim Haus setzen.

«Immerhin gibt es jetzt fliessendes Wasser und Strom, vorher war es wirklich eine Schinderei für die Valeria und mich. Bin selbst erstaunt, dass ich so lange geblieben bin.»

Bruder Anselm setzt sich zu ihnen und entzündet einen Stumpen.

«Die Valeria hätte mir jetzt ein kleines Bier gebracht», brummt er vor sich hin.

Die Südostbahn rumpelt über den Damm. Der Zehnuhrzug nach Pfäffikon.

«Ferdi», sagt der Statthalter, «bringt doch einen Halben Weissen, ein kleines Bier und vier Gläser. Freiwillig.»

Wie sich der Knecht entfernt, fragt der neue Wirt: «Um Gottes willen, muss ich das denn bei jedem Auftrag vorausschicken: ‹Freiwillig.›»

«Nein», antwortet Anselm, «ist nicht nötig, der Wirt hat überhaupt keine Aufträge zu erteilen, auch keine freiwilligen.»

«Anselm», sagt der Statthalter, «Ihr besorgt den Garten und mischt Euch bitte nicht in unser Gespräch.»

«In Ordnung, aber der Wirt soll wissen, was Brauch ist. Mein Znünibier gehört auch dazu, und nun Gott befohlen, die Treibbeete müssen noch zurechtgemacht werden, sonst könnt Ihr dann in der Statthalterei bis in den August auf den ersten Salat warten, mein Bierchen nehme ich später.»

Die Kutte fliegt ihm beim Weggehen um die Beine.

«Kratzbürstige Gesellschaft», denkt der Wirt, «aber die werde ich schon striegeln.»

Der Statthalter schenkt ein.

«Auf die neue Saison und auf gute Zusammenarbeit!» So sicher ist er sich dabei allerdings nicht. Er will aufbrechen.

«Noch eine Frage. Wo schläft der Knecht?»

«Im Haus in seiner Kammer, anschliessend an die Ihrige.»

«Das geht nicht. Das muss geändert werden.»

«Ich werde es mir überlegen. Kommt Zeit, kommt Rat. Vielleicht kann ich ihn in der Statthalterei unterbringen.»

Ferdi ist hellhörig geworden.

«Mir steht hier Wohnrecht zu», sagt er bestimmt.

«So wie mir», antwortet der Wirt.

Der Statthalter seufzt.

«Jetzt fangen Sie erst einmal mit Ihrer Arbeit an. Dann wird man weitersehen.»

Der Statthalter erhebt sich. Ferdi begleitet ihn zum Steg.

«Wenn nur die Valeria geblieben wäre. Habt Ihr sie einmal besucht?»

«Nein», sagt Ferdi, «aber sie mich auch nicht. Im Übrigen hat *sie* gekündigt und nicht ich.»

«Jemand muss doch den Anfang machen, oder ist sie etwa Euretwegen weggegangen?»

«Nein, das nicht.»

«In zwei Wochen hole ich im Kloster den neuen Wein für die Insel. Da kommt Ihr mit. Freiwillig.» Er lacht. «Das ist ein Befehl. Jetzt bringt mich bitte über den See.»

«Ferdi», tönt es von der Wirtschaft, aber nicht dieses vertraute «Ferdi, Ferdii – Ferdiii!», das er schon so lange nicht mehr gehört hat. Er kümmert sich nicht darum und begibt sich in die Bootshütte, kontrolliert den Treibstoffvorrat, die Fender, die Schwimmwesten und den Bootshaken.

Der Wirt reisst die Türe auf.

«Ich habe nach Ihnen gerufen.»

«So? Nichts gehört.»

«Wohl schwerhörig? Was haben Sie diesen Nachmittag vor?»

Ferdi reichts.

«Gar nichts. Heute ist mein freier Tag. Da liege ich immer auf dem Heustock und penne oder spiele mit Bruder Anselm Karten.»

Der Wirt entfernt sich verärgert. Er hat sich die Sache leichter vorgestellt. Es dauert seine Zeit, bis die Aufgaben klar verteilt sind, aber Hand in Hand arbeiten sie nicht. Nach ein paar Tagen fragt Anselm bei seinem Zehnuhr-bierchen: «Wie läufts denn so?»

«Schlecht. Das Schlimmste sind die Abende. Ich habe dem Neuen nichts zu sagen und um-gekehrt auch. Wenn ich zu Bett gehe, hört er nebenan Negermusik bis in alle Nacht hinein. Anselm, ich werde vertrieben, aber wohin soll ich denn?»

«Dann denk doch mal gut nach. Weisst du, ich war doch eingeladen an diesem Hochzeits-mahl auf dem Etzel, damals, als die Tochter des Fischers Hiestand geheiratet hat. Der Statthalter und ich hatten einen Fensterplatz mit Blick zur Insel, und da sagte der Statthalter, vielleicht wars auch ich, aber das spielt jetzt keine Rolle...»

Der Wirt setzt sich zu ihnen und reibt sich die Hände.

«Der Laden beginnt zu laufen. Für übermorgen ist eine Schiffstaufe angesagt. 25 Personen. LakesideHomes. Sie wünschen ein Bauernbuffet. Ich habe bei Metzger Kümin bereits das Nötige bestellt.»

Er wendet sich zu Ferdi.

«Wenn Sie im Hafen Pfäffikon die Ware holen könnten?»

«Freiwillig», wirft Anselm ein.

«Gewiss, freiwillig.» Der Wirt lächelt säuerlich.

Ferdi nickt.

«Vielleicht renkt sichs doch noch ein», denkt Anselm, aber sicher ist er sich nicht.

Die Schiffstaufe

Das Flaggschiff von «LakesideHomes» hält über Topp und Takel geflaggt auf den Steg zu. Ein Teil der Gäste ist schon vorher mit schnittigen Motorbooten eingetroffen. Schwalm und Schmocker stehen in Seemannsgala auf der Kommandobrücke. Faul ist mit seinem Weidling gekommen und scheint sich nicht sehr wohl zu fühlen. Zehn Meter vor dem Steg bringt Schwalm das Boot zum Stehen. Schmocker begibt sich zum Bug, Schwalm gibt etwas Schub, und die Motoryacht schiebt sich zum Steg.

«Zum Kuckuck», denkt Faul, «wann setzen sie endlich den Heckanker?»

Schmocker belegt am Steg, Schwalm eilt von seiner Kommandobrücke zum Heck, klappt einen Anker auf und wirft ihn übers Heck, so weit er kann, aber da ist keine Leine dran. Schwalm hat bloss einen Anker ins Wasser geworfen, mehr nicht. Das Gelächter am Steg wächst sich zu einem Wiehern aus. Schwalm besteigt wieder die Kommandobrücke und schaut verwirrt auf die Stelle, wo der Anker verschwunden ist. Das Boot wird durch den Föhn längsseits an den Steg gedrückt, und so steigen die Gäste eben über die Seite aus. Von Zeit zu Zeit rumpelt es bedenklich, wenn die Yacht an einen der grossen Pfosten schlägt. Der Taufakt kann vorläufig nicht vollzogen werden. Doch Schmocker ist Herr der Lage. Er befiehlt dem Wirt: «Sofort müssen einige Flaschen Weisswein und Gläser her, auch etwas Geknabber, aber schnell, nur keine Pausen, in denen gegähnt wird, nur das nicht.»

Faul nimmt Ferdi beiseite.

«In der Bootshütte wird doch irgendwo ein alter Anker sein?»

Tatsächlich, rostig, aber immer noch brauchbar. Faul reicht ihn Schwalm hinüber.

«Stecken Sie eine Leine an.»

Aber das kann er auch nicht.

«Gut, dann machen wirs draussen. Ich übernehme das Boot. Lösen Sie die Leine am Bug, aber erst auf meinen Befehl.»

Faul lässt die Schrauben langsam rückwärts drehen und legt das Ruder. Das Heck schwingt allmählich herum, und wie die Yacht wieder senkrecht zum Steg steht, befiehlt er:

«Bugleine los!»

Ein paar Dutzend Meter ausserhalb des Stegs wird der Ersatzanker fachmännisch befestigt, und jetzt klappt das Manöver.

«Noch gut abgelaufen», sagt Schwalm. Unter seinem Mützenschirm haben sich Schweisstropfen angesammelt. Und Schmocker: «Verlorene Anker bringen Glück.»

Er hat das Talent, Missratenes mit einem markigen Spruch zurechtzubiegen. Der Wirt in blütenweisser Kochbluse wieselt mit einem Tablett gefüllter Weissweingläser durch die Gäste. Schwalm erscheint mit einer Flasche Veuve Cliquot aus der Kajüte. Schmocker nimmt sie ihm ab, schüttelt sie heftig, entfernt die Stanniolhülle und bittet die Taufpatin, die Drähtchen um den Korken zu entfernen, aber vorsichtig, den Flaschenhals Richtung Bug, ich habe der Witwe Druck gemacht. Es knallt trocken, der Korken schiesst übers Schiff. Der Champagner sprudelt in weisser Fontäne heraus und spritzt übers Vorschiff.

«Lakeside sei dein Name. Viele glückliche Stunden auf dem Wasser!»

«Bravo! Bravo! Bravo!»

Einer witzelt halblaut:

«Ashes to ashes and dust to dust.»

«Darüber muss man hinweggehen», denkt Schmocker. «Kunde bleibt Kunde und ist König.»

Die Gläser klingeln. Dem Weisswein wird wacker zugesprochen und Lakeside vom Steg aus immer wieder bewundert.

Wie sie auf dem Wasser liegt! Und so weiss!

Man greift zum Geknabber, das in Schalen auf den Stegpfosten liegt.

«Noch ein Gläschen?»

«Gerne. Was trinken wir denn da?»

«Weissen Leutschner.»

«Noch nie gehört, aber nicht übel. Kurzer Abgang, aber prächtige Blume. Chardonnay?»

«Nein, Riesling x Sylvaner.»

«Aha, dachte ich mir. Kein Chardonnay, trinke eigentlich nur Chardonnay.»

Die Taufgesellschaft begibt sich mit vollen Gläsern in den hölzernen Anbau des Gasthauses und steigt in den kleinen Saal im ersten Stock. Oh, wie rustikal. Ein bisschen kühl zwar, aber wirklich sehr rustikal. Der Wirt hat für diesen Nachmittag eine dralle Serviertochter eingestellt, welche zuerst eine dampfende Bouillon serviert. Das Bauernbuffett darf sich sehen lassen. In den Ecken des Saales stehen elektrische Heizöfelchen.

«Wenn die Sicherungen halten, wird der Abend ein Erfolg», denkt der Wirt. Er verschlingt die Serviertochter mit den Augen.

Ferdi und Faul stehen mit Schwimmwesten im Weidling und suchen mit einem Bootshaken den Anker.

«Den finden wir nie.»

«Unsinn», entgegnet Ferdi, «ich hab mir die Stelle genau gemerkt, und aufgeklappt hat er ihn auch, bevor er ihn warf. Wenn man die Äste auf dem Grund sieht, so wie jetzt, wird man auch den Anker erkennen.»

Und so ist es.

«So», sagt Faul, «jetzt machen wir aber Nägel mit Köpfen und tauschen die Anker aus.»

Schmocker findet während des Buffets Zeit, Faul zu suchen. Der sitzt mit Ferdi in der Küche.

«Meister Faul, kommen Sie denn nicht zum Essen? Es geht hoch zu und her. Habe vor dem Dessert noch einen Bauchredner organisiert, der kann auch zaubern und ziemlich deftige Witze erzählen. Wird den Leuten gefallen.»

«Wir haben den Anker geborgen und wieder befestigt, deshalb sind wir nass und verschmutzt.»

«Was heisst denn wir? Der Knecht ist nicht eingeladen.»

«Wie gesagt», antwortet Faul ruhig, «wir sind etwas unansehnlich geworden und passen wohl nicht mehr so recht in die Gesellschaft.»

«Und dies alles wegen dieser Bagatelle von Anker, ist ja lachhaft. So wie Schwalm die Manöver fährt, brauchen wir sowieso ein ganzes Sortiment. Alles auf Spesen.»

Er grinst.

«Pardon, ich muss gehen, der Bauchredner.»

«Zum Wohl, Ferdi», sagt Faul, «ich heisse Franz.»

Sie essen und trinken in aller Ruhe und sitzen einander schweigsam gegenüber, nur einmal kurz gestört vom Wirt, der Nachschub an

Wein holen muss. Er reibt sich die Hände.

«Ein grosser Erfolg. Lakeside hat übrigens Grosses vor.»

«Die wollen wohl die Ufer verbetonieren», brummt Ferdi.

«So schnell geht das nicht», entgegnet der Wirt, «da brauchts potente Investoren, aber die Landschaft erträgts. Das Grün überwiegt noch immer, hat Schmocker gesagt.»

Er schnalzt mit der Zunge: «Der Bauch-redner war ein grosser Erfolg und die Servier-tochter auch.»

In der Nacht wird Ferdi durch seltsames Ki-chern und Stöhnen immer wieder geweckt. Nein, denkt Ferdi, das ist nicht der Wind.

Am Morgen kündigt er.

Einsiedeln

Wind schleicht ums Haus, rüttelt fast unhörbar an den Fensterläden, schläft ein, erhebt sich wieder und wechselt ständig die Richtung.

Die aufgehende Sonne wird durch einen Dunstschleier verhüllt. Er glimmt rosafarben auf und taucht die umliegenden Höhenzüge in ein Licht, das alles verwischt.

Die Sträucher sind mit kleinen Blättchen besetzt, aber die Bäume halten sich noch zurück. Zwei, drei wolkenlose Tage, und die Insel verwandelt sich. Die wilden Kirschbäume werden wie weisse Brautsträusse im kahlen Ufersaum stehen.

Aber noch lagert dieser zähe Dunst über der Seegegend, genährt von einem Westwind, der sich hier mit dem Föhn trifft. Kurze Wellen dringen von allen Seiten in den abgestorbenen Schilf.

In der Nähe der Bootshütte steht ein Fischreiher. Keine Bewegung geht durch seinen Körper. Sein Schnabel zielt wie ein Pfeil aufs Wasser. Die Augen sind schwarz und kalt.

«Merkwürdig», denkt Ferdi, «die waren doch sozusagen ausgestorben. In meinem ersten Jahr auf der Insel habe ich den letzten gesehen.»

Der Reiher knickt in den Beinen leicht ein, entfaltet seine Schwingen, schnellt in die Luft und schraubt sich über der Insel kreisend in die Höhe, bis er im Gleitflug ins Riedland von Hurden abstreicht.

Die Rinder sind unruhig. Sie zerren an ihren Hälslingen und stampfen auf den Bretterboden. Der Heuvorrat wird allmählich knapp.

Der Knecht zäunt ein Stück Wiese ein und lässt die Tiere ins Freie. Sie toben sich aus, springen manchmal mit allen Vieren in die Luft.

Endlich erfolgt ein Anruf der Statthalterei. In drei Tagen holen wir die Tiere gegen Mittag ab. Haltet eine Seite des Steges frei.

Es ist ein schweres Stück Arbeit, die übermütigen Tiere über die wackligen Laufbretter an Bord zu bringen, aber sobald sie spüren, dass der Boden unter ihnen schwankt, werden sie ängstlich und drängen sich aneinander.

Nach der letzten Überfahrt erwartet ihn der Statthalter.

«Morgen bin ich in der Klosterkellerei. Da erwarte ich Euch so gegen halb elf. Erscheint bitte nicht in Arbeitskleidern. Am besten nehmt Ihr den Zug, aber vergesst nicht umzusteigen, sonst landet Ihr in Arth-Goldau oder Luzern.»

«Bin auch schon mit der Eisenbahn gefahren», brummt Ferdi.

Seltsam, diese Nacht schläft er seit langem wieder einmal tief und fest. Nach dem Melken wäscht er sich gründlich, seift sein Gesicht ein und schabt sich mit dem Rasiermesser die Stoppeln von Kinn und Wangen, nimmt aus dem Kasten ein sauberes Hemd, frische Wäsche, eine noch von der Valeria gebügelte Hose und den besten Kittel.

«Wenn Ihr mich übersetzt, habt Ihr das Boot den ganzen Tag zur Verfügung», sagt er zum Wirt. Und gerne hätte er noch hinzugesetzt: «Dann könnt Ihr Eure Weiber besuchen.»

«Brautschau?» fragt der Wirt.

Ferdi gibt keine Antwort.

Auf Nebenwegen begibt er sich zur Klosterpforte und wird durch einen Bruder in schwarzer Kutte in den Weinkeller geführt. Bruder Adelrych und Bruder Damian filtrieren den neuen Wein. Beide tragen über der Kutte gelbe Küferschürzen aus Gummi. Der eine steht auf der Leiter und hält einen Schlauch in ein Fass.

«Ansaugen, Damian», befiehlt er. Damian drückt auf einen Schalter. Jetzt läuft der neue Wein durch den Filter und plätschert klar und hellrot in einen leeren Tank.

«Die Arbeit lässt sich leider nicht unterbrechen, aber tretet doch in unser Vesperräumchen. Wir haben eine Kleinigkeit bereitgestellt.»

Unter einem Spitzbogengewölbe steht ein mächtiger runder Tisch. Darauf, den Anschnitt mit einem weissen Tuch bedeckt, ein Laib Weissbrot, ein gewaltiger Bissen Emmentaler und eine halbe Speckseite. Jetzt erscheint Damian mit einem Glaskrug voll Rotwein.

«Das ist neuer. Dem müsst Ihr unbedingt die Ehre antun. Essbrettchen, Besteck und Gläser sind dort im Schaft. Und jetzt entschuldigt mich, sonst läuft der Wein nicht in den Tank, sondern auf den Boden. Ist übrigens auch schon geschehen.»

Der Statthalter tritt ein.

«Schön, seid Ihr gekommen.»

Er wendet sich unter der Türe den beiden Kellermeistern zu.

«Danke für den Imbiss.»

«Ist ja nicht der Rede wert.»

«Diesen Emmentaler», sagt der Statthalter, «gibt es nur an zwei Orten auf der Welt. Beim Heiligen Vater in Rom und hier. Er vergeht einem auf der Zunge. Ein Glas Wein?»

Ferdi nickt.

«Zu Eurer Kündigung gibt es nicht viel zu sagen. Ich habe sie kommen sehen und lasse euch ungern ziehen, aber Ihr sollt wissen, dass wir Euch jederzeit wieder einstellen würden. – Jetzt aber noch etwas anderes. Ferdi, habt Ihr die Valeria besucht?»

«Nein, noch nicht.»

«So, noch nicht. Sie führt einen Kiosk an der Hauptstrasse, aber das wisst Ihr gewiss.»

«Statthalter, es ist nicht einfach, die richtigen Worte zu finden. Hier – und bei der Valeria.

Ich bin das Reden nicht gewohnt. 15 Jahre haben wir miteinander gearbeitet. Fast wie...»

«Ein Ehepaar. Das wolltet Ihr doch sagen.»

Jetzt ist es draussen, das Wort, das Ferdi stets gefürchtet hat. Warum, weiss er nicht. Vielleicht hat es mit seiner Mutter zu tun, die kürzlich gestorben ist.

«Ferdi», hat die Valeria immer wieder wie mit einer Nadel gestochen, «besuchen Sie doch wieder einmal Ihre Mutter.»

«Wir haben einander nichts zu sagen.»

«Aber es ist Ihre Mutter.»

«Ich nehme an, auf der Insel läuft es nicht besonders gut?»

«Valeria und ich arbeiteten füreinander. Mehr brauche ich nicht zu sagen. Aber das ist nicht alles.»

Am liebsten hätte er jetzt mit der Faust auf den Tisch geschlagen. Er rutscht auf seiner Stabelle hin und her. Und dann ganz plötzlich: «Diese Bahnfahrt heute. Der Zug schraubt sich immer höher. Die Insellandschaft liegt ausgebreitet da. Ein Stück Heimat, das sich, je länger die Fahrt dauert, immer mehr entfernt und schliesslich verschwindet.»

Der Statthalter nickt.

«So ist es, Ferdi. Wir sind unterwegs, und Heimat kann verschwinden, aber dann ist es Zeit, sich eine neue zu suchen. – Ferdi, Ihr steht vor einer grossen Entscheidung. Ich kann sie Euch nicht abnehmen. – Nehmt Ihr noch ein Glas?»

«Nein. Es ist Zeit, dass ich gehe.»

An der Pforte steht eine dunkle Gestalt. Anselm in seiner besten schwarzen Kutte.

«Zum Imbiss hat es nicht mehr gereicht. Als Bruder bin ich im Kloster eben nur ein kleines Rädchen, das von grossen angetrieben wird. Machs gut, Ferdi!»

In der Nähe des Klosters ist ein Blumenladen. In hohen Vasen stehen Rosen und das bunte Volk der Frühlingsblüher, Narzissen, Osterglocken, Tulpen. Die Verkäuferin tritt auf Ferdi zu.

«Einen Strauss bitte.»

«Wie viel wollen Sie auslegen?»

«Das spielt keine Rolle. Prächtig muss er sein.»

Jetzt nimmt Ferdi die Hauptstrasse. Jetzt kommt der Kiosk in Sicht. Ferdi tritt auf die andere Strassenseite und wirft einen Blick auf die Verkäuferin. Es ist die Valeria. Fast wie auf der Ufenau hinter zwei geöffneten Flügeltüren. Ferdi überquert die Strasse und steht ihr gegenüber.

«Ferdi!»

«Valeria!»

Sie schlägt die Hände über dem Kopf zusammen.

«Mein Gott, was soll der Blumenstrauss?»

«Ich wollte Euch fragen, ob Ihr meine Frau werden wollt, Valeria. Ich weiss, ich habe mir lange Zeit gelassen. Aber irgendwo muss man zu Hause sein.»

Valeria und Ferdi

Anmerkungen des Autors

Ich habe diese Geschichte lange mit mir herumgetragen und sie schliesslich in kurzen Erzählungen in den Ablauf eines einzigen Jahres eingefügt.

Valeria und Ferdi habe ich auf der Insel nie kennen gelernt, aber viel von ihnen gehört, und immer wieder wurde mir mitgeteilt, dass sie sich während ihrer Inselzeit nie geduzt haben, also auch im Sprachlichen eine Distanz wahrten, die in der heutigen Zeit der schnellen Kontaktnahme kaum glaubhaft ist.

«Ja, so war es tatsächlich», sagt Valeria Raimann heute, von Ferdi sei sie meistens mit «Fräulein Kälin» angesprochen worden, während sie ihre Wünsche in die Form «Ferdi, würden Sie bitte...» gekleidet habe.

Ich habe mit Valeria und Ferdi Raimann im September und Dezember 2004 im Altersheim «Langrüti» in Einsiedeln ausführlich gesprochen. Die beiden bescheidenen alten Menschen haben mich beeindruckt und mir den Blick in eine andere Zeit geöffnet.

Valeria Kälin arbeitete von 1955 bis zum Frühling 1971 als Inselwirtin. Sie kannte die Verhältnisse auf der Ufenau bestens, denn eine Tante wirtete ebenfalls auf der Insel, und Valeria arbeitete dort während sechs Sommern als Saisonangestellte, von 1939 bis 1944.

Ferdi Raimann kam aus dem Toggenburg 1952 als Bauernknecht zum Kloster und arbeitete von 1953 bis 1971 auf der Insel.

Zu Ferdis und Valerias Zeit wurde die Insel von einem Pater aus Einsiedeln verwaltet, der in der Statthalterei in Pfäffikon SZ seinen Amtssitz hatte; auch Bruder Anselm, der Gärtner, erhielt von ihm seine Weisungen.

Wirtin und Knecht waren ganzjährig angestellt, lebten also auch im Winter auf der Insel. «Eigentlich taugten wir gar nicht richtig fürs Inselleben, wir konnten nämlich nicht schwimmen, nur rudern», sagt Valeria schmunzelnd und fügt hinzu: «Wir waren die letzten Vertreter des Zeitalters der Handarbeit und des Petroleumlichtes. Nach uns kamen immer Maschinen.»

So Unrecht hat sie gewiss nicht, wenn man bedenkt, dass die Insel erst 1965 mit zwei getrennten Leitungen ans Strom- und ans Wassernetz angeschlossen wurde. (Eine Telefonleitung zum Festland bestand seit 1939.) Bis zu diesem Zeitpunkt war die Wasserversorgung merkwürdig und einzigartig. Das Brauchwasser für Toiletten und Reinigung stammte aus dem See und wurde mittels einer benzinmotorbetriebenen Pumpe in einen Vorratsbehälter unter dem Dach gepumpt. Das Wasser zum Kochen musste aus dem Schacht des Sodbrunnens in der Nähe des Stalls gehoben und dann eimerweise in die Küche geschleppt werden.

Waschtag war am See. Der Waschhafen wurde mit Holz befeuert, Ferdi stellte Stützen und spannte die Wäscheseile, Valeria spülte die Wäsche im See. «Oh», sagte einmal die Frau des Schwyzer Denkmalpflegers, «wie das romantisch und hübsch aussieht.» «Es sieht aber nur so aus», gab Valeria trocken zur Antwort.

Zum Kochen standen Valeria bis 1965 zwei Holzherde zur Verfügung. Der eine befand sich im ersten Stock in der privaten Küche und wurde nur im Winter benützt, der andere stand in der ebenerdigen kleinen Küche, die der Verpflegung der Inselgäste diente. Zum Kühlen im Sommer gab es einen Keller, der jeweils durch den Getränkehändler mit Eis gefüllt wurde.

Die strengste Zeit war zweifellos die «Lässe» oder «Lässi», ein Wort, das sich ableitet von «zu Ader lassen». Das Blutabzapfen im Dienste der Gesundheit ist heute längstens verschwunden, aber die mit diesem Brauch verbundenen Ferientage für die Brüder und Patres des Klosters blieben. Zu Valerias und Ferdis Zeit waren die Mönche in der Statthalterei in Pfäffikon einquartiert und kamen zum Znüni oder Zvieri, zum Lesen und zum Spazieren auf die Insel. Alle vier Tage erschien eine neue Gruppe, und das von Mitte Juli an während dreier Wochen. «Ohne die Hilfe Ferdis und meiner Schwester wäre ich damals zusammengebrochen», sagt Valeria heute, «Arbeitstage mit 16 Stunden waren normal, denn die gewöhnliche Kundschaft hatten wir ja auch.»

Nach ihrer Kündigung kehrte Valeria nach Einsiedeln zurück. Sie hatte dort ein Wohnrecht in einem

Haus ihres Vaters und arbeitete überall, wo man sie brauchen konnte: im Kiosk, der von ihrer Nichte geführt wurde, in der Kirche, im Altersheim und im Hotel St. Joseph.

Ferdi besorgte die Landwirtschaft. Er betreute das ganze Jahr eine Kuh, einige Hühner, die beiden Ochsen, manchmal auch ein Schwein, die Pfauen und 30 Rinder vom Ende der Alpperiode bis zu Beginn der neuen. Die Kuh wurde morgens und abends gemolken und erhielt auf der Insel eine Art Gnadenbrot, aber immerhin reichte der Milchertrag, damit man für den Eigenbedarf Rahm und im handbetriebenen Fass Butter herstellen konnte. Die Ochsen wurden zum Fuhrwerken gebraucht, also hauptsächlich im Heuet und beim Emden, zum Einbringen der Streue, zum Ausbringen der Gülle und des Mistes und schliesslich beim Holzführen im Winter.

Das Holz, das auf der Insel geschlagen werden musste oder einem Sturm zum Opfer fiel, reichte für den Eigenbedarf. Mit der Patentsäge richtete Ferdi das Holz auf Herd- oder Kachelofentiefe zu. Kleinere Äste und Zweige wurden zu «Bürdeli» verarbeitet. Ferien- oder Freitage erhielt Ferdi nicht. Zahllose Besorgungen an Land machte er mit Velo und Anhänger. Wie viel Mal er die beiden Vehikel aufs Boot verladen hat, weiss er nicht mehr.

Nach seiner Vermählung mit Valeria am 11. September 1971 nahm Ferdi in Einsiedeln alle möglichen Arbeiten an. Er arbeitete auf dem Friedhof als Totengräber und für die Gemeinde als Abdecker. Als über

Siebzigjähriger hob er noch für das Kabelfernsehen von Hand Gräben aus. «Ja», sagt er, «das war in meinem Alter kein Schleck. Aber der Konzessionär hat regelrecht gebettelt, weil man wegen der vielen Leitungen im Trottoirbereich keine Bagger einsetzen konnte. – Wie ich da so pickle und schaufle, ruft ein junger Kerl, der eine Zigarette raucht, in meinen Graben hinunter: ‹He Alter, was verdienst du mit deiner Arbeit pro Tag?› Ich könnte noch eine Hilfe brauchen, rufe ich hinauf und nenne den Taglohn. ‹Da wär ich aber schön blöd›, ruft der andere, ‹mit meiner Arbeitslosenunterstützung verdiene ich mehr.›»

Nach einer schweren Erkrankung Valerias gaben die beiden ihre kleine Wohnung auf und traten 2002 ins Altersheim «Langrüti» in Einsiedeln ein, wo sie zur Zeit der Niederschrift dieses Textes immer noch leben.

* * *

Um Missverständnissen vorzubeugen, möchte ich festhalten, dass es sich bei den vorliegenden Erzählungen um keine lokalhistorische Dokumentation handelt. Es sind in dichterischer Freiheit gestaltete Annäherungen an die beiden Hauptpersonen, an die Insel, ihre Besucher und an die zauberhafte Landschaft des oberen Zürichsees, wie ich sie immer wieder erleben durfte.

Richterswil, im Frühjahr 2005
Heinz Lüthi

Inhalt